Lopen op het plafond

Ayşegűl Savaş

# Lopen op het plafond

*roman*

Vertaald uit het Engels
door Janine van der Kooij

Uitgeverij Kievenaar
Heveadorp 2020

Oorspronkelijke titel *Walking on the Ceiling*
Oorspronkelijke uitgever Riverhead Books
© 2019 Ayşegűl Savaş
© 2020 Nederlandse vertaling Janine van der Kooij
en Uitgeverij Kievenaar

Omslagontwerp David de Zwart
(zie voor ander werk: www.multitude.nl)
Omslagbeeld Marli Turion *Ballroom Blues*
(zie voor ander werk: www.marliturion.nl)
Ontwerp typografie binnenwerk Coco Bookmedia
Druk Wilco, Amersfoort

NUR 302 / ISBN 978 90 830467 1 6

www.aysegulsavas.com
www.kievenaar.com

*Voor Maks*

*Wie kwam juist toen*
*tot aan de drempel van de deur?*

Apollodorus

# 1

Toen ik in Parijs woonde, was ik korte tijd bevriend met de schrijver M. Hij was eveneens een vreemdeling in de stad, wat een van de redenen kan zijn geweest dat we bevriend raakten. We maakten samen wandelingen en we schreven elkaar.

Het enige wat me rest uit die tijd is een foto van M. die voor een muur van marmer staat en me verbouwereerd aankijkt. Boven zijn opgetrokken wenkbrauw verschijnt een bleek en gekarteld litteken, dat zich verdiept en verdwijnt.

Misschien is het in werkelijkheid helemaal geen litteken, maar een speling van het licht of een ouderdomsplooi. Van onze wandelingen kan ik me geen litteken herinneren, maar ik liep vaak met gebogen hoofd naast hem. En ik weet ook niet zeker of hij werkelijk zo verbouwereerd kijkt als ik net zei en niet gewoon ongeduldig omdat er een foto van hem gemaakt werd.

Desondanks herinner ik me M. altijd als enigszins beduusd, en met een litteken boven zijn wenkbrauw – een teken dat oplichtte tijdens het korte moment van registratie waarop hij me recht in de ogen keek.

Maar ook hier is mijn verslag niet waarheidsgetrouw, omdat zich tussen mijn ogen en de zijne de troostende lengte van de cameralens bevond. Voor zover ik me kan herinneren heb ik M. nooit recht in de ogen gekeken, zelfs niet wanneer we in een café tegenover elkaar zaten.

Op sommige dagen is het moeilijk te geloven dat deze vriendschap daadwerkelijk bestaan heeft – met haar eigen logica, haar afgescheiden zijn van de wereld. Wat ik me herinner, bezit de structuur van een droom, een verzinsel, een vreemde en gewichtsloze, zwevende kwaliteit, als bij lopen op het plafond.

In mijn jeugd keek ik vaak in een vierkante spiegel naar het plafond. Ik onderzocht elke centimeter van deze platte, witte weidsheid, zo ver verwijderd van de grillige wereld op de tegenoverliggende pool, waar mensen gebukt onder zorgen in het schemerduister leefden. Ik begreep dat het enige dat je door duisternis omringd kan doen, is je terugtrekken in je eigen heldere contreien.

Tegenwoordig denk ik steeds vaker dat ik, om iets van deze periode intact te laten, wat concreter over mijn vriendschap met M. zou moeten schrijven. Maar verhalen zijn onhandelbare dingen, ze zien niets anders dan hun eigen vorm. Wanneer je een verhaal vertelt, begin je al met heel veel weg te laten. En ik moet toegeven dat die lange wandelingen en gesprekken elke vorm ontbeerden, ook al denk ik er vaak aan.

Laat me de foto hier plaatsen als tastbaar overblijfsel van onze vriendschap.

Wat volgt is een incomplete inventaris.

# 2

Ik ontmoette M. enkele maanden nadat ik vanuit Istanbul naar Parijs was verhuisd. Ik arriveerde in de stad zonder baan of verblijfplaats. Ik had me ingeschreven voor een reeks literatuurcolleges zodat ik een visum zou krijgen, maar ik wist voor aankomst al dat ik niet naar de lessen zou gaan.

Ik had me al eens eerder ingeschreven voor ditzelfde programma, een paar jaar nadat ik in Engeland afgestudeerd was. Destijds keek ik heel anders naar mezelf en werkte ik er gestaag aan die andere visie te verwezenlijken. Ik woonde in Londen met mijn vriend en paste een voor een de puzzelstukjes van mijn leven in elkaar. Zo stelde ik me voor dat Luke en ik naar Parijs zouden verhuizen, ons er zouden vestigen en het soort creatieve leven zouden gaan leiden wat van de inwoners van die stad verondersteld werd. We spraken als voorbereiding op ons nieuwe leven onder het koken zelfs Frans tegen elkaar.

Mijn moeder had er over de telefoon op aangedrongen dat ik naar Parijs zou gaan. Ik was al een aantal jaren niet meer in Istanbul geweest en ze vond altijd wel een manier om het te laten klinken alsof dat vanzelfsprak.

'Natuurlijk moet je gaan, Nunu,' zei ze. 'Wat heb je in Istanbul te zoeken?'

Ik had niet voorgesteld om eventueel naar huis terug te keren.

Ik ontdekte, niet via mijn moeder maar via haar tantes, dat ze ziek was. Kort daarna ging ik terug naar Istanbul en annuleerde mijn Parijse plannen.

De tweede keer dat ik naar Parijs besloot te gaan, waarschuwden mijn moeders tantes, Asuman en Saniye, me dat het dwaas was om een ontheemd leven te gaan leiden. Het was een opmerking die ze ook tegen mijn moeder hadden kunnen maken, het soort opmerking waar ze stil van werd. De tantes zeiden dat ik verstandig moest zijn en een leven voor mezelf in Istanbul op moest bouwen, alsof een leven opbouwen een puur technische kwestie was, zoals ik zelf over het algemeen ook van mening was. Een vaste baan, een korte reistijd naar het werk, een betrouwbare echtgenoot.

'Je arme moeder heeft dat nooit voor elkaar gekregen,' zeiden de tantes.

Bij het opbouwen van mijn leven moest ik hen in mijn buurt hebben om er zeker van te zijn dat alles op de juiste manier werd aangepakt. Ze zouden niet toestaan dat iemand dacht dat ik het losgeslagen leven van een wees leidde. Wanneer het zover was zouden zij de huwelijkscadeaus regelen, het beddengoed, de tafellakens, de diners.

Ze boden zelfs aan mijn moeders appartement te helpen opknappen.

'We kunnen het precies zo maken als je wilt,' zeiden ze, en ze lieten me weten wat ze in gedachten hadden. We zouden de slaapkamer van mijn moeder schilderen en al het meubilair vervangen. We zouden de spullen uit mijn slaapkamer verhuizen naar mijn moeders studeerkamer, waar ze alle boeken van mijn vader bewaard had. Als we eenmaal de boekenplanken weggehaald hadden, verzekerden ze me, zou de kamer echt heel ruim zijn.

Mijn kinderslaapkamer zou voorlopig dienstdoen als logeerkamer.

'En daarna,' zei Saniye, 'wie zal het zeggen.'

Ze zeiden eveneens, op de middag dat we naar de notaris gingen om de verkoop van het appartement af te ronden, dat het doodzonde was. Ik had hun al laten weten dat ik wat van het geld zou gebruiken om naar Parijs te gaan, er de colleges van zou betalen en er in mijn levensonderhoud van zou voorzien.

Ze zeiden het nog een keer nadat ik de papieren getekend had. 'Wat zonde toch. Het huis van je arme moeder.'

Zo luidde de naam die ze haar daarna gaven: mijn arme moeder.

# 3

In Parijs betrok ik een eenkamerappartement in de buurt van het Gare du Nord, waar aankomst en vertrek als een kloppend hart mensen bijeenbracht en uiteendreef. Ik mocht graag denken dat ik, wanneer ik daar zin in had, in een trein kon stappen en de stad uit kon gaan. Een paar keer per dag liet de buurt zich in stukken uiteenvallen, die zich even daarna prompt weer samenvoegden, en 's avonds was het weer een totaal andere plek.

Ik huurde de kamer van een man die eigenaar was van Café du Coin; direct ernaast kon je naar boven. Na een korte kennismaking in het café bracht hij mijn enige koffer de houten trap met de ongelijke treden op en maakte boven de deur open.

'Mocht je iets nodig hebben...' zei hij op de drempel. Toen leek hij van gedachten te veranderen en ging terug naar beneden.

Mijn kamer was kaal maar niet netjes, alsof iemand vertrokken was en de spullen had achtergelaten die in zijn of haar nieuwe leven niet langer nodig waren. Er was een matras, een vierkante tafel, een kachel met een waterketel en er stonden vier stoelen die niet bij elkaar pasten. Ik had wat foto's, een vaasje en twee porseleinen beeldjes uit Istanbul meegenomen en zette ze na aankomst bij wijze van versiering op verschillende plekken in de kamer. Ze maakten een petieterige en zielige indruk, en na een paar dagen stopte ik ze terug in mijn koffer.

Vanuit mijn raam zag ik elke dag een nieuwe berg afgedankte meubels op de stoep, die een wagen van de gemeente kon ophalen. Mannen in lange en kleurige tunieken bleven staan om de spullen te inspecteren voor ze de straat uitliepen, waarna ze rond het station samenkwamen om naar de nieuwkomers in de stad te kijken.

's Middags liep ik naar de boulevard de Sébastopol en ging ik bij een kruidenier die Istanbul-Grill-Foods heette naar binnen om er een zakje geroosterde kikkererwten te kopen. Ik volgde de boulevard verder naar het zuiden, naar de Seine, met het idee dat ik naar de wijken op de linkeroever zou wandelen, of naar de vergulde monumenten langs de rivier – al die plekken die je op ansichtkaarten van Parijs zag en die de stad karakteriseerden voor diegenen die er niet wonen. Maar toen ik bij de rivier aankwam, voelde ik me overweldigd door de gedachte aan alles wat er voor me lag.

Op een avond stond ik naar het bruine water te kijken en kreeg het plots benauwd. Ik vond een bankje, ging zitten en dacht dat ik niet in staat was om naar huis terug te keren, zo moe was ik opeens. Na een tijdje kwam ik overeind, begon langzaam te lopen en voelde me weer energieker. Tegen de tijd dat ik in mijn eigen wijk arriveerde en mijn straat zag, bedacht ik dat ik gewoon had moeten doorlopen en ik drukte mezelf op het hart dat ik de dag erop de stad verder zou verkennen.

Op sommige dagen zat ik in Café du Coin bij de ingang van het pand waar ik een kamer had. Ik kwam hier vaak tegen lunchtijd, hoewel ik niets at, alleen van mijn koffie nipte en naar een tafeltje achterin gebonjourd was. Zelfs na een aantal weken leek de jonge ober me nog steeds niet te kennen. Hij vroeg altijd ongeduldig naar wat ik wenste en bracht me steevast een andere koffie dan ik besteld had. De vaste gasten aten overdadige salades tjokvol vlees of tajineschotels met augurken en gedroogd fruit. Op sommige dagen dronken ze er een glas bier bij, op andere dagen sloten ze hun maaltijd af met een toetje. Hun keuzes leken me altijd zo toepasselijk dat het me met stomheid sloeg. Hoe ze erin slaagden om precies het juiste gerecht te kiezen voor dat uur van de dag. Ik vroeg me af hoe het kwam dat mensen wisten wat ze moesten doen. Kleine dingen, bedoel ik. De rituelen van een dag. De uren.

Nadat de ober de borden van de vaste gasten had weggehaald, bracht hij hun koffie en ging buiten met hen een sigaretje roken. Maar eerst kwam hij bij mij langs en tikte twee keer op mijn tafel, om aan te geven dat hij wilde afrekenen. Ik bleef nog een paar minuten zitten, dronk de rest van mijn kopje leeg, liet wat munten achter en klom de trap weer op naar mijn kamer.

Er is een scène in een van M.'s romans die zich afspeelt in Istanbul. Ik las die scène toen ik terugkwam om voor mijn moeder te zorgen en ik las haar opnieuw toen ik naar Parijs verhuisde. Die eerste weken wist ik al dat M. eveneens in Parijs woonde en het kwam me vreemd voor. Ik kon me hem nergens anders voorstellen dan in Istanbul, in het landschap van zijn eenzame personages.

Hij beschrijft een oude man die op een avond tegen zonsondergang langs een bakkerij loopt. Het is de maand van de ramadan en in de bakkerij staat een rij mensen te wachten om brood te kopen voordat ze thuis gaan eten. (Ik vergaf M. het cliché dat hij schreef over Istanbul op een avond tijdens de ramadan.) Nu het einde van de vasten in zicht komt, is er op de winkelruit een lange beschrijving van desserts te zien. Even lijkt M. zijn eenzame personage te vergeten en gaat hij zich te buiten aan een beschrijving van bergen geschaafde pistachenootjes, naar rozen geurend deeg, en van boter druipende pasteitjes, als juwelen die de etalages sieren. Het is net iets voor hem om zo afgeleid te raken, in zijn schrijven toe te geven aan de verleiding van een feestmaal. Maar de daaropvolgende zin is me sindsdien altijd bijgebleven:

Bij het zien van alle mensen die in de bakkerij vastberaden in de rij staan, wordt de man in verlegenheid gebracht en loopt weg bij de dampende stapels brood op de toonbank.

Toen ik dit voor het eerst las, dacht ik dat de oude man in verlegenheid was gebracht door het brood, en niet gewoon door de mensen bij de bakkerij, en ik herinnerde me deze beschrijving als ik thuiskwam van mijn wandelingen, die eerste weken in Parijs.

Dan ging ik aan de keukentafel zitten en leken de objecten in mijn kamer zich als het ware bewust te zijn geweest van mijn korte afwezigheid en mijn onmiddellijke terugkeer, en dan schaamde ik me.

# 4

'Je moet je schamen,' zeiden de tantes, toen ze me in Londen belden om me te vertellen dat mijn moeder ziek was.

Ik meende dat ze hier een paar dingen mee konden bedoelen. Ten eerste, dat een dochter hoorde te weten dat haar moeder ziek was zonder dat het haar verteld hoefde te worden.

Ten tweede, dat ik mijn moeder ziek had gemaakt.

Ik besefte later dat de tantes van deze gelegenheid gebruikmaakten om me te laten weten wat zij van mijn levenswijze vonden – ver van huis en samen met mijn vriend Luke, die ze nooit ontmoet hadden. De buitenwereld kon me kennelijk niets schelen, zeiden ze. Noch de juiste manier om de dingen te doen.

'Nejla heeft je veel te veel de vrije hand gelaten. En nu houdt ze haar mond omdat ze je niet van streek wil maken,' zei Saniye.

'En zo is het. Maar we staan niet langer toe dat ze je met zijden handschoentjes aanpakt.'

Het was nooit bij me opgekomen dat mijn moeder me de vrije hand had gelaten. Naar mijn idee was ík juist heel mijn leven degene met de zijden handschoentjes geweest.

# 5

In Parijs was er een Nederlandse jongen die dezelfde colleges volgde als waar ik me voor had ingeschreven. Ik kwam hem tegen toen ik naar de universiteit ging om mijn inschrijfformulier af te geven. We wisselden telefoonnummers uit en verklaarden beiden ons erg op het eerste semester te verheugen. De Nederlandse jongen zei tegen me dat hij de hele zomer had zitten lezen. Hij somde het ene boek na het andere op in een steeds verder uitwaaierend web, alsof hij er de hele wereld mee probeerde te omvatten. Ik knikte bij het aanhoren van zijn lijst.

'Jij en ik hebben zoveel te bepraten,' voegde hij er toen hij klaar was aan toe, en ik was het met hem eens.

Een paar dagen later stuurde hij me een appje om te vragen waarom ik niet naar het eerste college was gekomen. Ik zei dat ik ziek was en vroeg hem mij te laten weten wat we voor de week erop moesten lezen.

Hij nodigde me uit voor een picknick op de rivieroever dat weekend, op een van de eilanden. 'Een aantal studiegenoten komt bij elkaar nu het weer nog goed is. Kom ook, een feestje zal je goeddoen.'

Ik liep helemaal naar de rivier, stak over naar het Île Saint-Louis en keek van een afstandje naar het gezelschap. Mijn studiegenoten hadden donkere, hippe kleren aan en hielden met beide handen hun glas vast alsof het om een kostbaar object ging. Hun gezichten drukten een en al nieuwsgierigheid uit terwijl ze praatten en knikten, hun drankjes op zo'n trendy manier vasthoudend dat ik me er zelfs geen voorstelling van kon maken waar ze het over zouden kunnen hebben. Ik bedacht ineens dat ik niets had meegenomen voor de picknick en draaide me om.

Onderweg naar huis keek ik naar een groep skaters in tweedpak en met bolhoed op de Pont Saint-Louis, terwijl ze op klassieke muziek tussen plastic kegels door zigzagden. (M. vertelde me later dat hij niet van deze brug hield, omdat ze geen deel uitmaakte van de echte stad; ze was van de toeristen. En als we samen waren, liepen wij altijd over de ernaast liggende Pont de la Tournelle.) Een van de skaters, een oudere man, die wat langzamer was dan de anderen, tikte tegen zijn hoed toen hij me zag, terwijl hij rond een kegel zwierde.

Toen de Nederlandse jongen weer een appje stuurde, liet ik hem weten dat ik de leesstof met veel plezier had doorgenomen en hem gauw weer zou zien. Daarna liet ik mijn telefoon vrijwel steeds uit, op de keren na dat ik met de tantes van mijn moeder belde.

Ik zei tegen hen dat Parijs prachtig was, echt de hoofdstad van de wereld, zoals zij graag beweerden.

'*Sur la rue de Rivoli, un jeune homme et une belle fille,*' zeiden de tantes dan in koor.

Dit was iets dat ze altijd herhaalden als Parijs ter sprake kwam. Een regeltje dat ze zich nog herinnerden uit hun lesboek van school.

'Het voelt alleen niet goed,' voegden ze eraan toe. 'Zo helemaal alleen daar.'

Ik had het druk met de studie, zei ik tegen hen; ik had nauwelijks een minuut voor mezelf.

# 6

Toen ik samenwoonde met mijn vriend Luke in Londen noemde ik hem nooit bij zijn naam. Ik noemde hem 'Buddy', ook al was dat geen woord dat ik normaal gebruikte. Ik weet niet hoe het kwam dat ik hem zo ging noemen, zonder enige ironie bovendien, alsof Engels mijn moedertaal was. Maar ik was nu eenmaal de puzzelstukjes van mijn leven op hun plaats aan het leggen, zei ik dan, en het leek erop dat ik helemaal bij het begin begonnen was.

Hij noemde mij 'Buddyback'.

'Jij bent mijn Buddy,' zei ik op een avond tegen hem en hij zei: 'Jij bent mijn Buddyback.'

En toen bleef hij me verder zo noemen.

'Hi Buddyback,' zei hij.

'Hi Buddy,' zei ik, wanneer we wakker werden in het eenkamerappartement dat we hadden ingericht met alle voorwerpen van ons nieuwe zelf: stapels psychologieboeken, versieringen uit landen waar we nooit geweest waren, kleine, vaste dingetjes aan de hand waarvan we onze dagen ordenden – wierookstokjes, kaarsen, mokken van keramiek.

Luke was met het leggen van de puzzel verder gevorderd dan ik. Hij had het over grenzen stellen, de drempel naar volwassenheid, het innerlijke kind genezen. Hij vertelde me over zijn familie alsof hij een voor een enveloppen opende, de ene opzijleggend voordat hij de andere opende. We begonnen bij zijn moeder, gingen toen over op zijn broers en zussen, om ten slotte uit te komen bij zijn vader.

Hij maakte ooit een grafiek voor me met daarin een opsomming van alle combinaties van volwassene-kind-ouderrelaties en vroeg me de lege vakjes te vullen met de mensen uit mijn leven. Dit waren de dingen die we deden om elkaar te leren kennen. Vragenlijsten, mentale plattegronden, associatieve tekeningen.

'Volwassene versus volwassene,' schreef ik in het vakje dat voor onze relatie stond.

In het vakje voor mijn moeder schreef ik: 'Volwassene versus kind.' En veranderde toen van gedachten en schreef: 'Kind versus kind.'

Toen ik net in Engeland was voor mijn studie had ik tijdens een bezoek aan het ouderlijk huis van mijn kamergenote Molly een kinderboek op rijm gelezen. Ze zei tegen me dat dit het favoriete boek van haar kinderjaren was en ik wou dat het ook het mijne geweest was. Het was puur nonsensrijm, een en al klankgenot. Meer nog dan om het boek benijdde ik Molly om het soort kind dat ze geweest moest zijn en de jeugd die ze gehad moest hebben.

Ik kocht het boek toen ik bij Luke introk en liet hem weten dat het een van de parels uit mijn eigen kindertijd was. We lazen het, giechelend, hardop in bed. Luke vroeg niet of het boek in het Turks ook gerijmd had. Ik werd volledig meegesleurd door het plezier om deze zelfverzonnen intimiteit.

'Buddy,' zei ik altijd. 'Buddy, Buddy, Buddy.'

# 7

Op de avonden in mijn jeugdjaren dat ze niet stilletjes naar haar kamer vertrok, verscheen mijn moeder voor ik ging slapen aan mijn deur. Ik had mijn sokken ineengevouwen zoals mijn grootmoeder me geleerd had en ze voor ik in bed stapte in een slipper gestoken. Na de dood van mijn vader was dit het ritueel dat iedere dag van mijn jeugd veilig afsloot.

'Nunu,' zei mijn moeder vanaf de drempel.

'Nejla,' zei ik.

Soms zei ze: 'Nunito.'

Soms zei ze: 'Nunu, Nunito, Nukotiniko.'

Andere keren keek mijn moeder me aan alsof ze probeerde uit te maken wie ik was. Dan kwam ze op de rand van mijn bed zitten.

'Wat een nette kamer,' zei ze. Ik wist niet of ze het als een compliment bedoelde.

Zowel op goede als op slechte dagen zei ze altijd: 'Laten we even terugkijken op deze dag.'

'Om te beginnen hebben we ontbeten. Jij sneed je kaas in van die keurige driehoekjes... Op weg naar de veerboot zagen we een gele auto die ons aan een schildpad deed denken... De koperen deurkruk van de patisserie in Baylan had de vorm van een dolfijn.'

Ze haalde nooit de echt belangrijke gebeurtenissen van een dag aan, zoals die keer dat we haar vriend Robert tegenkwamen op de veerboot of de zondagmiddag dat we halverwege de maaltijd een restaurant verlieten vanwege een groepje mannen. Ook wijdde ze verder niet uit over de dingen op haar dagelijkse lijstje. Maar ik wist dat ze er niet voor niets op stonden. Ik denk dat de roestige, gele auto haar deed denken aan de auto die we hadden toen mijn vader nog leefde, of dat ze de koperen deurklink noemde om me op haar eigen manier te laten weten dat onze dag toch in ieder geval één fijn moment had gekend, ondanks haar lange stilzwijgen.

'Wat een dag,' zei ze ten slotte, 'zoveel om aan terug te denken.'

# 8

Parijs bestond uit etende mensen. Dat is wat ik me van die tijd herinner. En ook de terracotta plantenpotten die naast elkaar op de kleinste balkons waren geperst. De eerste indruk van een stad wordt geacht de meest authentieke te zijn – de enige keer dat een buitenstaander een glimp van haar essentie gegund wordt. Overal om me heen zag ik leven ontkiemen.

Op een keer ging ik, toen ik terugkeerde van een wandeling, bij Café du Coin zitten en besloot dat ik een fatsoenlijke maaltijd zou bestellen. Ik vroeg om de menukaart en staarde er een eeuwigheid naar.

Ik bestelde tartaar en ik bestelde ook een biefstuk. Daarna vroeg ik om een warme chocolademelk.

Pas toen de ober me ongelovig aan stond te kijken, besefte ik de ongerijmdheid van mijn bestelling. Hij bracht de tartaar het eerst en de warme chocolademelk pas toen ik hem er pedant aan herinnerde.

Toen hij zag dat ik het rauwe vlees niet aangeraakt had, vroeg hij of ik de biefstuk nog wel wilde. Ik zei tegen hem dat dat het geval was. Daarna vroeg ik hem om alles in te pakken. Ik wist dat dat geen gebruikelijk verzoek was in Parijs. (Dat was het ook niet in Istanbul.)

'Tuurlijk,' zei de ober. 'Altijd lekker als ontbijt, met warme chocolademelk erbij.'

De doos met vlees stond wekenlang in mijn koelkast. Ik deed de koelkast open en zag dan dat er zo te zien niets veranderd was. Soms, als ik aan de keukentafel zat, keek ik naar de koelkast en was verbaasd dat alles normaal leek. Ik stelde me het rottende, schimmelende vlees daarbinnen voor, maar ik zag geen enkel teken van bederf, niets wat mijn dagelijkse routine verstoorde. Dag na dag merkte ik dat alles er, opgeborgen in de koelkast en met de doos eromheen, prima uitzag.

Wat het was weet ik niet, maar ik was iets op de proef aan het stellen. De wereldorde, haar omslagpunt.

# 9

Luke zei altijd dat mensen hun hele leven doorbrachten met het vertellen van verhalen en daarmee doelde hij op een soort waanideeën. Mensen, zei hij, hadden allemaal een verhaal over zichzelf. Ze vertelden het keer op keer, bij elke gelegenheid die zich voordeed.

Het leek me een nogal voor de hand liggende constatering, al zei ik dat nooit tegen hem. Ik liet Luke weten dat ik geen gemakkelijke jeugd had gehad, me ervan bewust dat dit duister klonk en exotisch. Mijn vader was dichter geweest, maar stierf op jonge leeftijd, toen ik nog kind was. Ik herinnerde me nog hoe het was om met een creatieve geest samen te leven, hoe die steeds boven ons hoofd hing.

In werkelijkheid had ik mijn vader nooit zien schrijven. Hij had het opgegeven voor ik me kon herinneren. Ik had alleen gezien hoe hij zich in zichzelf teruggetrokken had.

Ik vertelde Luke eveneens dat mijn moeder niet in staat was geweest mijn vader te zien zoals hij was. Ze wilde dat hij net als alle andere mensen was, zei ik. Ze wees zijn creatieve wereld af, en wel zó fel dat het hem brak. Dat waren de woorden die Luke en ik gebruikten. Misschien wist ik best dat deze woorden niet helemaal bij mij pasten en kon ik dus zeggen wat ik wou.

Maar ik voelde het wel kriebelen, stilletjes en aanhoudend; ik probeerde er met mijn woorden bij te komen.

Ik vertelde Luke dat ik opgegroeid was in de schaduw van mijn moeders verdriet. Mijn jeugd, zei ik luchtig, was weggespoeld door haar eigen trieste verhaal.

Maar ik had het verwerkt, zei ik, en om dat te bewijzen gebruikte ik termen als *eigenwaarde* en *compassie*.

Ik was toen al drie jaar niet in Istanbul geweest.

Luke luisterde ernstig toe, knikte en stak zijn hand uit om af en toe een kneepje in mijn schouder te geven. Dat waren opwindende momenten, wanneer ik me zo liet gaan. Ik dacht dat ik hem werkelijk alles kon vertellen.

# 10

Toen mijn vader nog leefde en we in Moda woonden, nam mijn moeder me gewoonlijk aan het begin van de avond mee uit wandelen. We gingen altijd haastig weg, zonder 'dag' tegen mijn vader te roepen, en knalden de deur achter ons dicht.

Eenmaal buiten liepen we even snel als we vertrokken waren de kruidenier en de moskee voorbij, en verder langs de bochtige tramrails. Ik moest rennen om mijn moeder bij te kunnen benen. We kwamen steevast aan bij de kaap in Moda tegen de tijd dat de zeemeeuwen in paniekerige zwermen aan het krijsen waren, terwijl ze probeerden te voorkomen dat de hemel in donkere kleuren uiteenviel. We stonden zwijgend naar de veerboten in de verte te kijken. Na een tijdje, toen ik bezorgd werd en vroeg of we terug naar huis konden, vertelde mijn moeder me over de pieken van smaragd van de mythische berg Kaf, wiens weerspiegeling de lucht zijn kleurennuances gaf. Deze berg, zei ze, lag erg ver weg. Verder weg dan de donkere zee die de aarde omsloot en zelfs door het sterkste schip niet bevaren kon worden. De enige bewoners ervan waren djinns en elfjes.

Het was alsof ze me deze plek aanbood in ruil voor ons eigen appartement, voor mijn vader die daar in de leunstoel zat.

Op de terugweg zagen we de verkoper van tamme kastanjes zich soms boven de kolen in zijn zwart geworden handen wrijven. Dan bleef mijn moeder staan en zei: 'Laten we onszelf eens verwennen.' Kastanjes, begreep ik, waren iets bijzonders, ondanks dat je er gemakkelijk aan kon komen, ze een droge smaak hadden, en de man ze zonder glimlach aan ons verkocht.

Wanneer we thuiskwamen, riep ik naar mijn vader, om hem bij ons kleine feestje te betrekken.

'We hebben kastanjes voor je meegenomen! Kom je kastanjes halen!'

Ik herinner me niet dat hij ooit reageerde.

'Kom nou, voor we ze allemaal opeten!'

'Je vader is aan het schrijven,' zei mijn moeder dan tegen me.

Maar mijn vader zat in zijn studeerkamer in de leunstoel bij het raam zachtjes in zichzelf te mompelen. Uit de manier waarop hij van voor naar achter schommelde, maakte ik op dat hij het misschien koud had.

'Wat zeg je?' vroeg mijn moeder wanneer ze hem zo zag. 'Hou alsjeblieft op met die spelletjes.'

Soms schreeuwde ze.

Maar zelfs ik kon wel zien dat mijn vader er niks aan kon doen. Ik had medelijden met mijn moeder omdat ze geen idee had, om haar kinderlijke overtuiging dat mijn vader slechts deed alsof, net als wanneer ik speelde dat ik dood was en luisterde naar het leven dat buiten ons huis gewoon doorging.

# 11

Op sommige dagen was ik niet in staat Parijs te zien zoals het was.

Die eerste maanden las en herlas ik M.'s romans. Ik gleed moeiteloos de wereld in die ik zo goed kende, waar inzicht spaarzaam was, waar tragedies tussen twee haakjes plaatsvonden en momenten van grote vreugde getemperd werden.

Vanuit mijn raam zag ik oranje lichtvlekken onder de lantaarnpalen, bladeren in kringen op de stoep. De stad veranderde elke dag opnieuw, gleed een nieuw seizoen in, zonder dat ik eraan deelnam.

Ik las afwezig en vergat bladzijden achtereen wat er gebeurde om dan op een detail te stuiten dat zo tastbaar was – een rond dienblad met komkommers, in een kruidenierszaak die door een enkele tl-buis verlicht werd – dat het voelde alsof ik mijn eigen stad zó kon aanraken.

Terwijl de ochtend overging in de middag, de middag in de avond, las ik – terwijl het station buiten als een kloppend hart pulseerde, de schaduwen opdoemden en compacter werden. En mijn kamer dijde uit en vervaagde door de echo's van Istanbul.

# 12

Nadat de zon was ondergegaan en wij weer thuis waren gekomen van onze wandeling, stond mijn vader uit zijn leunstoel op en verliet zonder een woord te zeggen het huis. Onze levens waren als een dans – van aankomen en weer vertrekken. Langs elkaar heen, elke dag weer.

Als hij terugkwam, was het altijd laat en was hij lang weggeweest. We hoorden hem, mijn moeder en ik, ieder in onze eigen kamer. Ik wist dat mijn moeder hem ook hoorde, ik kan niet zeggen hoe ik dat wist. Stilte is een taal op zich.

We luisterden hoe hij de sleutel omdraaide, de deur dichtdeed en in het halletje stond. Bij die geluiden kon ik mijn moeders woede al voelen.

Dan liep hij naar mijn kamer. Soms hield ik mijn ogen dicht en deed ik alsof ik sliep, liet toe dat hij op de vloer ging zitten om moed te verzamelen. Andere keren ging ik overeind zitten met een kussen in mijn rug.

Hij vroeg me dan wat ik in mijn droom wilde zien en ik zei tegen hem: zebra's, olifanten, leeuwen.

'In dat geval,' zei mijn vader, 'gaan we allebei vannacht een lange reis maken.'

Ik herinner me dat het appartement in Moda lang was en

smal, de kamers als opeenvolgende coupés in een trein: het halletje, mijn slaapkamer, de keuken, mijn vaders studeerkamer, de eetkamer, de televisiekamer, de slaapkamer van mijn ouders, het balkon. Ik herinner me het appartement als een trein omdat mijn vader er in die woorden over sprak.

'We hebben nu twee coupés gehad,' zei hij. 'Nog zes te gaan.'

Maar in werkelijkheid was de achtste en laatste coupé in dit spelletje – wanneer hij bij het balkon aankwam – de beloning, en die telde niet. Zelfs als hij thuis was, wilde hij weer buiten zijn, in de open lucht.

En dus telde ik op mijn vingers en liet hem weten: 'Nog maar vijf te gaan.'

De grootste uitdaging vormde de laatste coupé, door de slaapkamer van mijn ouders heen, waar mijn moeder wakker zou liggen.

De acht compartimenten van deze reis, zei mijn vader, waren als de acht kamers van mijn volledige naam. 'Ik heb je deze naam gegeven,' zei hij altijd. 'Dat is een cadeautje van mij.'

En hij begon op zijn vingers af te tellen: N, U, R, U, N, I, S, A.

Misschien was hij bezig me te leren lezen. Dat zal ik nooit zeker weten. Dit is een verhaal dat ik nooit eerder heb verteld.

En ik ben zelfs onzeker over deze herinnering, in tegenstelling tot de meeste andere die ik aan mijn vader heb. Over dit moment van helderheid.

Mijn vader zei dat op weg naar het einde van de trein de coupés zich in paren voordeden. De twee *N's* – het halletje en de eetkamer – waren doorgangsplaatsen waar hij moest blijven staan luisteren voor hij verder kon. De *U's* – mijn slaapkamer en zijn studeerkamer – waren rustpunten waar hij op kracht kon komen.

Wanneer hij dan mijn kamer verliet, zei hij met een stem als van een robot in tekenfilms: 'Tweede ronde, geslaagd. Volgende halte, *R*.'

Hij wuifde naar me vanuit de deur en ik wenste hem succes. Ik luisterde naar zijn voetstappen, van kamer naar kamer, en telde met hem mee, mijn adem inhoudend als ik hem de slaapkamer hoorde naderen. Misschien kwam mijn moeder wel haar bed uit om een obstakel te vormen, waardoor mijn vader niet bij het balkon kon komen.

# 13

Op een middag in Parijs, toen ik na een afgebroken wandeling onderweg naar huis was, zag ik M.'s naam in de etalage van een boekhandel waarin een lezing van een aantal Engelstalige auteurs werd aangekondigd onder de harmonische titel 'Vertellingen van de stad'. Een van de auteurs op de lijst stond sinds korte tijd sterk in de belangstelling met een roman over de gouden eeuw van Parijs, een tijd waarin kunstenaars en schrijvers ideeën en drank hadden gedeeld. Je herkende het boek meteen aan het felgele omslag – ik had er zelfs in Istanbul vertalingen van gezien – met daarop een groep mensen bij een piano, een bureau of achter een ezel, allemaal gekleed om uit dansen te gaan. Ook al had ik de roman niet gelezen, het onderwerp leek niet al te zeer te verschillen van het leven dat ik me voor Luke en mij in Parijs had voorgesteld.

Op de avond van de lezing kwam ik vroeg bij de winkel aan en ging vooraan zitten, dicht bij een muur. M. kwam een paar minuten later binnen en verontschuldigde zich tegenover het winkelpersoneel alvorens op het geïmproviseerde podiumpje op de laatste stoel plaats te nemen, recht tegenover waar ik zat. Daarop begon hij door zijn roman te bladeren.

Hij was anders dan op foto's. Ik wist niet dat hij heel lang en mager was en hij zat ineengedoken op de stoel, alsof hij zichzelf kleiner probeerde te maken. Hij droeg een gekreukt overhemd en een marineblauwe trui die een beetje te groot voor hem was. Ik had gedacht dat hij keurig gekleed zou zijn, overdreven netjes zelfs, misschien vanwege de manier waarop hij in zijn romans een voor een straten opsomde, lijstjes aanlegde van bomen, winkels en etenswaren, en met het geduld van een miniaturist een hele wereld opbouwde.

Het jaar dat ik in Istanbul woonde en voor mijn moeder zorgde, had ik een recensie in een Turkse krant over M.'s laatste roman gelezen. De recensent zei dat, ook al was het een genoegen om Istanbul door de ogen van een buitenlander te zien, het wel vermoeiend was dat het op zo'n overgedetailleerde manier gebeurde. Het maakte me blij dit te lezen alsof ik de enige was die begreep hoe M. schreef.

Ik had in dezelfde recensie gelezen dat M. regelmatig te vinden was bij een van de hamburgerstalletjes op het Taksimplein in Istanbul, en ik stelde me dan voor hoe het zou zijn om hem daar tegen te komen. De recensent vroeg zich af wat het voor een buitenlander betekende om te delen in de rituelen die ons, İstanbullus, zo dierbaar waren. (Ik had me tot dan toe niet gerealiseerd dat de hamburgerstalletjes zo bijzonder waren.) De recensent vroeg zich eveneens af of de liefde voor een Turkse vrouw – een schilderes met wie M. korte tijd getrouwd was – voldoende was voor een schrijver om inzicht in een stad te krijgen. Istanbul was ongetwijfeld veel meer dan de bezienswaardigheden en geluiden die geduldig waren vastgelegd en als een wond werden meegedragen door M.'s eenzame hoofdpersonage, die zich terugtrok uit de wereld, en misschien wel

M.'s eigen buitenstaanderschap weerspiegelde, om nog maar te zwijgen van zijn beperkte begrip van de stad. De recensent concludeerde dat het volstrekt onmogelijk was om in de vreugde en het verdriet van het personage te delen. Uiteindelijk was, ondanks de overvloed aan details, het lezen van M.'s romans hetzelfde als op een mistige avond door Istanbul wandelen.

Zoals ik al zei: de recensie maakte me blij.

In de dagdroom waarin ik M. onverwacht tegenkwam, stelde ik me voor hoe we beiden hetzelfde boek lazen terwijl we aan een toonbank stonden te eten. We zouden in de lach schieten om deze toevalligheid, een gesprek aanknopen en daarna, van de hak op de tak springend of als oude vrienden rustig een wandelingetje makend, de İstiklalstraat helemaal uitlopen.

Toen de mensen in het publiek hun plaats begonnen in te nemen, legde M. zijn roman weg, waar hij bij wijze van bladwijzers stukjes papier in had gestoken. Een vrouw die achterin stond, vroeg luid of het klopte dat dit de lezing over Parijs was. M. keek naar mij en glimlachte.

'Ik zou maar gauw weggaan nu het nog kan,' zei hij.

De bekende auteur verscheen als laatste en arriveerde met een groep jonge mensen die mogelijk zijn studenten waren. Hij liep naar M. toe, sloeg hem op de rug en vertelde zijn studenten dat ze in goed gezelschap verkeerden.

'Vergeet mij,' zei hij. 'Dit hier is een echte auteur. Jullie zouden allemaal kennis moeten maken met het briljante werk van deze man.'

M. was de laatste die aan het woord kwam. Voor hij begon, vroeg de gastheer hem zijn relatie met Istanbul te beschrijven.

'Voor velen van ons,' zei de gastheer, 'is Istanbul een mythische stad. Het is Constantinopel, het is het gevallen Rome. Het is het ontmoetingspunt tussen Oost en West.'

Hij herinnerde zich zijn eerste bezoek aan Istanbul. Er waren daarna nog vele bezoeken gevolgd, zei hij. Je moest wel verliefd worden op die stad. Hij had het gevoel gehad dat hij er dwars door de geschiedenis heen liep, door complete wereldrijken en beschavingen. Een aantal mensen in het publiek knikte heftig, gretig de indruk van hun eigen bezoek bevestigend.

We spreken over een tijd dat Istanbul over de hele wereld populair was. Er werd hoog opgegeven van haar diversiteit, van een ontmoetingspunt tussen twee werelden. Ineens verscheen het ene boek na het andere over de stad, haar droevige en roemruchte verleden – in deze boeken was Istanbul altijd droevig en roemrucht, zo leek het wel, alsof de stad na een ongeziene grootsheid alleen maar steeds verder in verval geraakt was. Zelfs Turkse schrijvers begonnen hun stad met een frisse blik te bekijken. Die periode was nu grotendeels voorbij. Dat waren betere tijden geweest.

'Hoe zit het met u?' vroeg de gastheer ten slotte aan M. 'Hoe maakt u de overstap van de mythische naar de eigenlijke stad? Ik denk dat mijn vraag is: slaagt u daar ooit wel in?'

M. zweeg even.

'Ik wil niet afgezaagd klinken,' zei hij. 'Maar zo kan het overkomen als ik probeer het te verwoorden.'

'Oké,' zei de gastheer. 'Dus u wilt uw mening over de stad niet kwijt. Wat kunt u ons nog meer vertellen?'

Er klonk gelach in het publiek. M. glimlachte en sloeg een bladzijde op die hij gemarkeerd had. Hij keek er een tijdje naar.

'Ik denk eigenlijk,' zei hij, 'dat ik wat anders voor ga lezen.' Hij bladerde heen en weer door de roman en las uiteindelijk een kort fragment voor dat zich afspeelde in Moda. Ik herinnerde me die scène heel goed, over het rotsachtige strand en de vreemde avondkleuren van de lucht.

Aan het einde van de sessie verdrong het publiek zich rond de bekende auteur.

Ik volgde M. naar de plek achter in de winkel waar hij met twee bejaarde mannen stond te praten over de bezettingsjaren in Istanbul. In mijn tas had ik twee van zijn romans en ik wachtte op het juiste moment om hem aan te spreken. Maar toen er ten slotte een einde aan zijn gesprek gekomen was, veranderde ik van gedachten en deed ik alsof mijn blik over de boekenplanken ging.

Het moet een illusie zijn die alle lezers hebben, dat wanneer je van een boek houdt je wel goed bevriend moet raken met de auteur; dat alleen jij deze man of vrouw begrijpt en dat je een speciale band met elkaar hebt. Ik was me dat wel bewust, maar wilde desondanks niet het korte en teleurstellende gesprekje voeren, waarbij M. me hartelijk zou begroeten, me zou bedanken dat ik gekomen was en mijn boek zou signeren. Ik zou hem mijn volledige naam zeggen, zodat hij zou door zou hebben dat die Turks was, in tegenstelling tot het ambigue Nunu. Misschien zou hij me een paar vragen stellen alvorens er een warme groet aan toe te voegen. *Voor Nurunisa, in vriendschap.*

Dat jaar had ik mijn moeder in Istanbul passages uit M.'s romans voorgelezen. Eén passage, herinner ik me, bevatte een beschrijving van cipressen. Dit was opnieuw zo'n moment dat de schrijver M. zichzelf alle vrijheid gaf, zich van zijn eenzame hoofdpersoon afwendde om bomen te beschrijven, alsof hij ze schilderde, een voor een.

'Al die buitenlanders denken maar dat Istanbul vol cipressen staat,' zei mijn moeder toen ik het boek neerlegde. 'Ik vraag me af of deze man ooit een voet in de stad heeft gezet.'

Ik zei tegen haar dat hij in Istanbul gewoond had terwijl hij aan zijn roman werkte.

'Dan moet hij wel blind zijn,' zei ze.

Ik ging ervan uit dat mijn moeder de reputatie van cipressen onderuit haalde omdat ze er een hekel aan had. Wanneer we mijn grootouders in Aldere bezochten, kwamen onderweg de cipressen rond de Edirnekapı-begraafplaats, waar mijn vader begraven was, als donkere wolken naderbij. Mijn moeder reed dan zonder iets te zeggen verder, tot ze achter ons verdwenen waren.

# 14

Na de dood van mijn vader stuurde mijn moeder me voor een maand naar mijn grootouders – haar ouders – om bij hen in Aldere te logeren, een Thracisch stadje op een paar uur van Istanbul. Ik was zeven jaar en bracht het merendeel van de tijd in de keuken bij mijn grootmoeder door, voor ik 's middags een paar uur naar school ging. Terwijl mijn grootmoeder kookte, lag ik op mijn rug op de houten bank, een been over het andere geslagen, en voorzag de constellatie van barstjes in het plafond van een naam. Mijn grootmoeder zong mee met de liedjes op de radio en ik zong mee in mijn hoofd.

Ze vroeg me elke dag wat ik tussen de middag graag zou willen eten en dan zei ik tegen haar spinaziepasteitjes, baklava, geroosterd brood met morellenjam, koffie met melk en honing. Maakte ze gevulde deegkussentjes, dan gaf ze me deeg om mee te spelen. Bakte ze aardappels, dan vormde ze ruiten stempels die ik eerst in de verf hield en vervolgens op gesteven witte doeken drukte.

Op een avond zaten we na het eten in de tuin met de plaatselijke dokter en zijn vrouw, die een tas vol speelgoed van hun kleinkinderen bij zich hadden. Die maand mocht ik tot 's avonds laat bij de volwassenen aan tafel blijven zitten. Ik rommelde wat in de tas, keek tussen beren en poesjes in fluorescerende kleuren en werd overspoeld door een gevoel van eenzaamheid bij het zien van deze dieren, de vriendjes van een ander kind. Ik vermoedde dat ze medelijden met me hadden en van mij verlost wilden worden, zodat ze terug konden naar het andere kind.

'Even wisselvallig als de seizoenen,' hoorde ik een van de volwassenen zeggen. 'Hij was anders. Hij was even wisselvallig als de seizoenen.'

'Hartverscheurend.'

'Maar er was niets aan te doen. Hij kon nauwelijks...'

'Net een klein kind.'

'Het is zelfs een opluchting, God vergeef me.'

'Het putte haar natuurlijk uit.'

Ik luisterde naar het gesprek als in een droom, ik dreef maar wat op de woorden mee. Van tijd tot tijd keek een van de volwassenen mijn kant op en dan begonnen ze allemaal te fluisteren, maar even later zwollen hun stemmen weer aan als bij hoog tij.

'Nergens goed voor,' zei mijn grootvader ineens en hij liet zijn lepel zo hard op tafel neerkomen dat we allemaal opschrokken.

Nog vele jaren lang trok ik de zinnen uiteen en bestudeerde de woorden, me tot het uiterste concentrerend.

# 15

Tegenwoordig is het enige waar iedereen in Istanbul over kan praten de verandering. Die vindt in rap tempo plaats. Misschien moet ik het geen verandering noemen maar een kapotgaan. Iets waar we tot nu toe blind voor waren.

Er vinden vernielingen plaats, demonstraties, optochten. Sommige mensen verdwijnen; zij die hun verhaal niet mogen vertellen. En dan is er die aanhoudende, gekmakende stadsherrie die alles overstemt, zodat we het spoor bijster raken van alles wat wringt, verandert, verdwijnt en in naam van een nieuwe schurk weer opnieuw opduikt.

Het is op dit moment onmogelijk te zeggen hoe dit allemaal uit zal pakken. Voorlopig wachten we af. Iedereen heeft er een mening over, natuurlijk, en al die meningen zijn even angstwekkend.

Maar bovenal wil ik één ding optekenen: de oude zaken – winkels, restaurants, theehuizen en patisserieën, die we allemaal bij naam kennen, net als de monumenten van de stad – sluiten een voor een hun deuren. De panden worden neergehaald om plaats te maken voor andere; splinternieuwe neonborden nemen de plek in van weggesleten namen, waar wij overigens toch al nooit naar keken aangezien ze ons even vertrouwd waren als onze eigen naam.

En dan zijn er natuurlijk de bioscopen en de theaters – Emek Sineması, Lale Sineması, Şan Tiyatrosu.

Toen mijn ouders studeerden, vertelden de tantes me, wachtte mijn vader mijn moeder altijd bij het Kanlıcaplein op om haar mee te nemen naar de Emek-bioscoop. Het moet de tijd van de Godfather-films geweest zijn, maar dat is maar een gok. Ik stel me voor dat ze aankwamen bij de Kabataşhaven en door de achterafstraatjes van Tarlabaşı liepen, zonder acht te slaan op het gefluit van de travestieten op de stoepen, mannen met snorren die patrouilleerden op de steile straten, neonlicht dat uit de bordelen sijpelde, de koffiehuizen die gonsden van de buurtdrama's.

En wie weet hadden ze samen wel kastanjes gekocht toen ze ten slotte op de İstiklalstraat uitkwamen.

'Hij kwam zo uit de lucht vallen,' zeiden de tantes, wanneer ze het verhaal vertelden van mijn vader die met zijn notitieboek op het plein stond te wachten tot mijn moeder naar beneden kwam.

'Zo deed hij het. Hij wachtte daar gewoon net zolang tot ze toegaf.'

Of het nu sneeuwde of regende: mijn vader bleef wachten, over zijn notitieboek gebogen. Dat was nog eens een ander verhaal over mijn vaders aparte manier van doen, toen die nog steeds in anekdotes gevat kon worden.

'Die arme jongen,' zei Saniye soms. En met die woorden veranderde mijn vader. Zijn vreemde manieren, ooit zo onschuldig, kregen plotseling een nieuwe betekenis.

Istanbul was ooit een onschuldige plek, met al die betrouwbare namen, maar die namen zijn grotendeels verdwenen.

Er heerst angst voor het verstrijken van de tijd. En overal worden de tekenen van ouderdom gewist.

# 16

Een andere theorie van Luke was dat elke relatie die uit twee mensen bestond een derde drager had. In de tijd dat we samenwoonden, overspoelde hij ons met een ware vloedgolf van theorieën, die alles steeds anders inkleurden.

Luke liet me zien, zijn vingers bewogen langs onzichtbare vlakken, hoe de instabiele structuur eruitzag met twee en met drie stutten. Ik meende dat hij over ons sprak (en dat ons derde steunpunt bestond uit de verhalen die we elkaar vertelden over onze families), maar hij ging verder met zijn theorie: dat mijn moeder mij had gerekruteerd als derde steunpunt in haar relatie met mijn vader.

We zaten op ons bed met een paisley sprei over ons heen. Het was een donkere plek, die kamer, als een hol, of de binnenkant van iemands hoofd.

'Jouw moeder had jou aan haar zijde nodig,' zei hij. 'Ze haalde jou bij hem vandaan omdat je met haar meevoelde. Maar zodra je ophield mee te doen…' zei hij.

Hij boog zich naar me toe om mijn hand vast te pakken.

Destijds wist ik niet wat voor schade woorden konden aanrichten. Ik had ook geen idee wat er verloren zou gaan.

# 17

Toen mijn moeder en ik van Moda naar het nieuwe appartement verhuisden, begonnen we het zwijgspel te spelen. We begonnen ermee meteen nadat ik was teruggekeerd van mijn grootouders in Aldere.

Ik had me voorgesteld dat als ik terug was en wij tweeën eindelijk alleen waren mijn moeder zou uitleggen wat ons was overkomen. Ik bleef jaren wachten op haar uitleg, ook al bepaalde ik de regels van onze gedeelde stilte.

Ik kwam thuis uit school, liet de sleutel in het slot glijden en draaide hem voorzichtig om. Binnen maakte ik heel traag mijn schoenen los, alsof ik een reep stof lostrok die aan een litteken vastgeplakt zat. Dan ging ik mijn huiswerk maken of op bed een boek liggen lezen en luisterde naar de geluiden van mijn moeder.

Mijn moeder zat achter haar bureau of ze maakte in de keuken eten klaar. Nadat ik naar mijn kamer gegaan was, hoorde ik het geluid van water uit de douche komen en kende ik mezelf een flink aantal punten in het spel toe. Wanneer er geen gevaar bestond dat mijn moeder me kon horen, haalde ik de spullen uit mijn schooltas of ging ik naar de keuken om iets te eten. Er stond altijd wel wat voor me op tafel – een bord met fruit, geschild en in stukjes gesneden, of een glas melk met walnootkoekjes erbij.

Was ze eenmaal onder de douche vandaan, dan riep mijn moeder vanuit haar slaapkamer naar me en vroeg waarom ik haar niet gedag was komen zeggen.

'Eventjes nog, Nejla,' riep ik terug, om haar nog wat meer tijd voor zichzelf te geven.

Na het ontbijt op zaterdag, als mijn moeder haar boek meenam om aan tafel te lezen zonder de bordjes en kopjes op te ruimen, zei ik dat ik alleen nog even iets uit mijn kamer moest halen en dan glipte ik weg. De truc was haar aan onze gezamenlijke routine te laten wennen zonder dat ze iets hoefde te vertellen. Anders was het spel voorbij.

Voor zover ik me kan herinneren, gebeurde het maar een of twee keer dat ik plotseling verloor, bijvoorbeeld toen mijn moeder me rechtstreeks vroeg of ik haar alsjeblieft met rust wilde laten.

Op goede dagen, wanneer ik gemakkelijk punten scoorde, bleven de ontbijtspullen op tafel staan, en ik liet ze daar, net als mijn moeder had gedaan. Als ze me in huis zag of hoorde, kwam ze naar me toe en praatte met me, of vroeg me of ik honger had. Ze vroeg het vriendelijk, als een verontschuldiging. Gebeurde dit dan raakte ik wat punten kwijt.

Ik zei tegen mijn moeder dat ik met iets bezig was in mijn kamer en dat ik daarmee verder moest. In het spel was ik degene die eenzaamheid nodig had.

'Ik hoop niet dat je morgen de hele dag op jezelf wilt zijn,' zei mijn moeder. 'Dat is de dag van onze wandeling.'

Zulke uitspraken van mijn moeder leverden me als ze meedeed dubbele punten op. Hadden we een hele dag in stilte in onze eigen kamer doorgebracht, dan riep ik mezelf tot winnaar uit en wachtte ik op mijn beloning als ze 's avonds aan mijn deur verscheen.
'Nunu, Nunito, Nukotiniko.'

In die jaren waarin ik elk uur wel punten scoorde, bouwde ik mijn stad van papier. Ik had een stapel kranten van mijn moeder gekregen – de linkse *Cumhuriyet*, met de kleine lettertjes, gebruikte ik om muren te bouwen, de kleurrijke *Hürriyet*, vol schokkende verhalen over honderdjarigen en pratende dieren, gebruikte ik om telefoonpalen te maken en de dikke zwarte letters van de *Milliyet* gebruikte ik om mijn labyrintische straten te plaveien. De stad wentelde en tolde rond haar eigen as, met binnenplaatsen en doodlopende straatjes die alleen ik vanaf mijn goddelijke waarnemingspost kon zien, maar die onzichtbaar waren voor de mensen die door de straten wandelden.

Mijn stad leek niet op Istanbul behalve dan dat zij twee oevers had die door bruggen verbonden werden. De boulevard was bezaaid met bankjes die ik had bevolkt met mijn papieren inwoners, zodat ze naar de stad konden kijken die ze zo slecht kenden. Soms, wanneer hun hopeloos ontoereikende uitzicht me met medelijden vervulde, stond ik toe dat ze een binnenplaats opgingen of nam ik ze mee op een wandeling door mijn doolhofachtige wijken. Of ik liet ze langs de eindeloze spoorlijn lopen die ik had aangelegd.

Mijn favoriete inwoners waren de onfortuinlijke geamputeerden van klei en krant, wier armen en benen eraf gevallen waren en wier hoofdjes en viezige krantengezichtjes me droevig stemden. Ik organiseerde speciale wandeltochtjes voor hen – met rode stukjes draad rond hun middel – en gaf ze de kracht om rechtop te lopen en de zwaartekracht te trotseren, terwijl alle anderen, op een kluitje bijeen op de boulevard, stonden toe te kijken. Met mijn hulp banjerden deze kalme mensen, die nooit over hun geamputeerde toestand tegen me hadden geklaagd, over bruggen en telefoonpalen en tolden van vreugde in het rond wanneer ze het hoogste punt bereikt hadden.

De krantenkoppen uit mijn jeugd kwamen opgevouwen in de papieren stad terecht. De noordkant was opgebouwd met de namen van legergeneraals, de IRA, Bosnië, Joegoslavië, de PKK. Aan de zuidkant viel mijn constructie van een amusementspark samen met de bouw van de dam in Zuidoost-Anatolië. De woorden die me verwarden, die een eigen leven leken te kennen – *inflatie, coalitie, constitutie* – waren netjes opgerold om als pijpen en schoorstenen voor gebouwen te dienen. Ik bouwde de stad regelmatig opnieuw op, legde nieuwe binnenplaatsen aan en brak doodlopende straatjes door, voegde actueel nieuws aan nieuws van gisteren toe.

Op een middag toen ik het fundament aan het leggen was voor een nieuwe wijk stuitte ik op een verhaal over een groepje meisjes in een dorp in het oosten dat zelfmoord had gepleegd. Eerst las ik niet de hele kop maar zag ik alleen het woord staan, alsof het me vanaf het papier een klap in mijn gezicht gaf. Ik was zo verbijsterd dat ik de krant omdraaide. Ik had dit woord nog nooit op schrift gezien; ik was me er alleen van bewust dat het in de lucht hing, nooit met zoveel woorden genoemd werd.

Slechts één keer in Aldere en één keer toen de tantes met een buurvrouw aan het praten waren. Vreemd fluisterend uitgesproken, zodat ik me afvroeg of ik het wel goed gehoord had.

Ik stond op en deed de deur van mijn kamer dicht.

De krant berichtte dat dit, dit woord, de enige oplossing was geweest voor een leven van onderdrukking. Toch begreep ik het verhaal nog steeds niet echt. Ik begreep de dreiging niet waarmee de meisjes werden geconfronteerd en ik wist ook niet waarom de krant schreef dat ze hun vrijheid tegemoet gegaan waren, alsof het om een overwinning ging.

Ik vouwde de pagina een aantal keren op en gebruikte haar om de smalle weg te plaveien die van de drukste buurt van mijn stad naar de buitenwijken voerde, waar ik een ommuurde tuin aanlegde. Na verloop van tijd besloot ik de weg opnieuw te plaveien en ik bedekte hem met een dichtbedrukte pagina uit de *Cumhuriyet*.

In deze tuin bevond zich mijn eigen huis en de felgekleurde pijpjes van bonnen uit de krant waren de bomen waarop ik vanuit mijn slaapkamerraam zicht had. In de winter bedekte ik de bomen met wattenvlokken.

Het krantenhuis zelf, waar ik met mijn moeder woonde, was breed en laag, net als het huis van mijn grootouders in Aldere. Ik bouwde ook huizen voor de tantes en mijn grootouders. Ze woonden allemaal dicht bij elkaar, maar op geruime afstand van ons huis, zodat mijn moeder hen niet aldoor hoefde te zien.

Er was ook een pad dat naar een opening in de tuinmuur leidde en dan verderop, door de opening, naar een kleine hut.

Op middagen waarop ik voldoende punten had verzameld en ik er zeker van was dat mijn moeder volledig opging in haar eigen wereld, liet ik toe dat een van mijn favoriete inwoners een bezoek bracht aan deze hut, waar, en dat wisten alleen wij tweeën, mijn vader verder leefde.

# 18

Na de lezing in de boekhandel verzamelden zich wat schrijvers en mensen uit het publiek vooraan in de winkel en ze discussieerden over de vraag welk restaurant in de buurt het beste van de vier was.

'Nu we toch uit zijn,' zei de bekende auteur, 'kunnen we het beter meteen goed doen. Ik doe dit soort dingen zelden.'

'Als ik je wat mag adviseren,' zei hij tegen het meisje dat naast hem stond, 'word geen schrijver, mocht je tenminste een interessant leven willen leiden.'

Hij vroeg aan M. of hij met hen mee ging. M. zei dat hij te moe was en dat hij hoopte dat ze een fijne avond zouden hebben.

'Dat bedoel ik dus,' zei de beroemde auteur, en het meisje lachte.

Nadat ze vertrokken waren, bleef M. nog een paar minuten in de winkel. Mijn blik gleed onderzoekend over een plank met poëzie en ik hoorde hem tegen de winkeleigenaar zeggen dat hij met een nieuw boek bezig was. Het speelde opnieuw in Turkije, maar dit keer in een stadje in de buurt van Istanbul.

'Laten we dan een afspraak maken voor een lezing, zodat we naar het werk in uitvoering kunnen luisteren.'

'Ik schiet niet erg op,' zei M. 'Ik ben me nog aan het oriënteren.'

Hij verliet de winkel juist voor mij en ik liep even achter hem aan voordat ik hem aanschoot om te zeggen dat ik van zijn voordracht had genoten, vooral van de passage die hij over Istanbul had voorgelezen.

'Mijn geboorteplaats,' zei ik. Dit klonk vreemd, alsof Istanbul een plek ergens ver weg was waar ik niet meer terug naartoe kon.

'Maar u bent één ding vergeten,' voegde ik eraan toe en ik zei tegen hem dat de Modastraat niet rechtstreeks doorliep tot aan het water, zoals hij in die scène beschreven had. Er was ook nog het visrestaurant.

'Dat heb ik voor mezelf gehouden,' zei M. 'Dat is mijn favoriete plek.'

Toen vroeg hij: 'Heb je ooit hun in wijnbladeren gegrilde sardines gegeten?'

Ik was verbaasd over het gemak waarmee M. dit gesprek begon, dat eigenlijk niet verschilde van de manier waarop hij in zijn boeken overging op een opsomming van diverse etenswaren. We spraken even over de gerechten die op hun kaart stonden.

Toen we bij de Seine aankwamen, vroeg M. waar ik naartoe op weg was, en ik wees recht voor me uit, ook al raakte ik zo steeds verder van huis.

'Nou, bof ik even,' zei hij.

We staken de brug over naar het eiland dat vrijwel verlaten was, op een paar toeristen voor een ijssalon na, en daarna over de Pont de la Tournelle naar de linkeroever, waar we even bleven staan om naar de Notre-Dame te kijken, die met een vreemde gloed dwars door de mist heen oplichtte. M. vroeg wat ik in Parijs deed en ik gaf hem het antwoord dat ik al voorbereid had – dat ik ernaartoe gekomen was om te schrijven.

'Een İstanbullu, een collega en een verwante eetlust,' zei M. 'Je bent toch niet ook nog katholiek?'

'Maakt u geen zorgen,' zei ik. 'Ik ben niet uw dubbelganger die u komt kwellen.'

M. lachte – een luide, gulle lach.

'De avond neemt een bijzonder aangename wending,' zei hij.

We liepen verder door een smal straatje met galeries en een kloosterboekhandel. Op de binnenplaatsen achter de smeedijzeren hekken struikelde je over de schaduwen van planten, fonteinen, rijen fietsen. Dit was de stad die ik me de hele tijd had voorgesteld en de stad waar ik die eerste weken toegang toe had willen krijgen.

Nadat we de boulevard Saint-Germain overgestoken waren, liepen we verder omhoog naar het Panthéon. Ik zag hem voor het eerst en hield mijn verbazing over de omvang ervan voor me. Er zat een groep tieners met een fles wijn in een kring, hun silhouetten werden verzwolgen door de gigantische pilaren achter hen.

M. was me aan het vertellen over een van zijn buren uit de tijd dat hij in Istanbul had gewoond. Een man die een kiosk had en steeds wanneer M. langsliep van zijn boek opkeek en zwaaide. Het was een van zijn meest gekoesterde rituelen uit zijn Istanbul-tijd.

Deze buurman was degene die M. over het visrestaurant in Moda verteld had. Ze waren er zelfs een keer samen heengegaan, al was hij er nooit in geslaagd echt vriendschap met hem te sluiten.

'Hij was op zichzelf,' zei M., 'maar misschien was dat het niet.' Hij voegde eraan toe dat zijn Turks te rudimentair was om betekenisvolle vriendschappen te sluiten, ook al had hij altijd meer van hem willen weten. En de kioskeigenaar sprak geen woord Engels.

Hij vertelde me dat hij onlangs gehoord had dat de man overleden was.

'Weet je,' zei hij, 'ik wilde dit delen met iemand uit Istanbul. Ik weet niet wat zijn dood voor een willekeurige luisteraar zou betekenen. Daar zat ik aan te denken tijdens de lezing, toen me die vraag gesteld werd over de mythische stad.'

'Snap je wat ik bedoel?' vervolgde hij. 'Het was een dwaze vraag, natuurlijk. Maar als ik er iets op zou moeten zeggen, dan zou het zijn dat je met zulke mensen de drempel van de mythe overgaat. Hun heengaan zegt iets over die plek, het laat je zien dat de stad niet onveranderlijk is.'

Even dacht ik dat we het over mijn moeder hadden. Gedurende heel mijn vriendschap met M. had ik het gevoel dat hij dingen op een indirecte manier zei, alsof hij me wilde vertellen dat hij iets wist. Ik kan niet zeggen wát hij wist, alleen dat ik me ongemakkelijk voelde onder zijn doordringende blik. Het is natuurlijk mogelijk dat de tijd betekenis aan de herinnering heeft toegevoegd.

We hadden in een cirkel rond het plein gelopen en waren weer terug bij de pilaren.

'Maar ik val in herhaling,' zei hij. 'Ik ben geen erg goede gids.'

We spraken met een verlegen enthousiasme. Zij het zonder te overdrijven. En er was een moment, toen we eenmaal de rivier overgestoken waren naar de linkeroever – of misschien gebeurde het al eerder, toen we op de brug naar de kathedraal stonden te kijken – dat we stilzwijgend overeenkwamen dat M. niet langer vroeg waar ik heen moest, en ik me niet meer verontschuldigde zijn tijd in beslag te nemen, zoals ik al aan het begin van onze wandeling van plan geweest was.

Terwijl we van het Panthéon weer naar de rivier afdaalden, stopten we even bij een cafeetje. Ik kan me niet herinneren wie van ons voorstelde samen wat te drinken. Ook dit gebeurde zonder onnodige uitleg. We kozen een tafeltje uit op een hoek van het terras. Toen de ober met de menukaart kwam, wapperde M. even met zijn hand en vroeg om twee glazen wijn, zonder met mij te overleggen, alsof hij geen stilte in ons gesprek wilde laten vallen.

Nadat we onze wijn op hadden, bleven we nog een tijdje in het café zitten. Toen vroeg ik M. of we een tweede glas zouden nemen.

'Ik hoopte al dat je daar zin in zou hebben,' zei hij.

Ik herinner me niet alles, maar gedurende onze vriendschap waren er veel dingen die hij zei waar ik blij van werd.

# 19

Toen ik van mijn moeders ziekte hoorde en terugkeerde naar Istanbul kreeg ik een e-mail van Luke. Hij wenste me sterkte de komende maanden. Hij vond het bewonderenswaardig dat ik ondanks alles weer terug was bij mijn moeder.

'Alles wat je doet is zo onbaatzuchtig,' schreef hij.

Hij voegde eraan toe dat ik goed voor mezelf moest zorgen.

'Denk niet alleen maar aan anderen, Buddyback. Weet dat het belangrijk is om aardig voor jezelf te zijn.'

'Luke,' schreef ik terug. 'Volgens mij begrijp je niet wat er aan de hand is.'

Ik wist al dat ik hem nooit meer zou zien. Misschien had ik al die tijd al geweten, zelfs toen ik met hem samenwoonde, dat ik slechts de tijd voorbij liet gaan, dat mijn leven om dat ene moment draaide dat ik te horen zou krijgen dat mijn moeder stervende was. Dan zou ik al het andere opzijzetten.

Een paar weken later schreef Luke opnieuw. Hij moest intussen beseft hebben dat ik niet terug zou komen en was ongetwijfeld boos.

Hij liet me weten dat hij wel begreep waarom ik me voor hem schuilhield; omdat alleen hij de enige echte waarheid kende.

En de enige echte waarheid, zo ging hij verder, was dat ik voor de zoveelste keer voor mijn moeders wensen gezwicht was; ik stond toe dat zij mijn leven bepaalde. Hij leek te willen suggereren dat mijn moeder me met haar ziekte naar huis had gelokt.

Het enige wat hij ooit gewild had, schreef Luke, was me helpen mijn wonden te genezen. Maar dat kon hij niet wanneer ik mijn leven vervolgde zonder de confrontatie met mijn moeder aan te gaan.

'Je moet niet toestaan dat ze je verplettert,' zei hij. 'Je hele leven heeft ze al gezorgd dat jij je schuldig voelde. Omdat ze niet met haar eigen schuldgevoel kon leven. Ze heeft nooit de verantwoordelijkheid genomen voor je vader. Ze heeft een wanhopige man naar de rand van de afgrond gedreven.

En nu wil ze dat jij haar zegt dat alles vergeven en vergeten is,' schreef Luke. Ik hoorde nooit meer iets van hem.

Iedereen, zo sloot hij af, moest leven en sterven met zijn of haar eigen fouten.

# 20

Wanneer we bij de visboer waren of bloemen kochten, benoemde mijn moeder alles wat ze zag. Het was niet zo dat ze me iets probeerde te leren, ze kende gewoon datgene wat ze zag de juiste naam toe. Harder, sardien, zeebaars, zei ze. Tulp, hyacint, anemoon. Sommige bloemen hadden in de volksmond een andere naam, zoals een klaversoort, die in Aldere waar ze was opgegroeid 'damesknoopjes' werd genoemd.

Op dat soort momenten leek het onmogelijk dat mijn moeders stemming zou verslechteren. De wereld sprankelde fris van kleur, elke lijn was er gemakkelijk in aan te wijzen. Het leek alsof mijn moeder de namen kende van alles in de wereld, in tegenstelling tot de dagen waarop ze stil was en de uren onduidelijk in elkaar overgingen. Dan leefden we in een soort wolk.

Maar wanneer mijn moeder haar lijstjes maakte, verdween de bedrukte stemming en scoorde ik punten in het spel.

Soms sprak ze een van haar vreemde woorden uit en dan vroeg ik me af of ze niet op twee plekken tegelijk leefde. Het woord dat nu bij me opkomt is *kukuleta*, wat de eerste keer dat ik het hoorde klonk als een vogelgeluidje. Ik lag ziek in bed en mijn moeder liet me foto's zien van haar kindertijd in Aldere. Ze wees op zichzelf in een cape met capuchon te midden van een groep mannen die terugkwam van de jacht.

'Moet je mij hier zien, met mijn *kukuleta* aan,' zei ze, en ze lachte, maar het leek alsof dit lachje alleen voor haarzelf bedoeld was. Dit waren de momenten waarop ik de glinsterende overblijfselen kon zien van iemand die ik nooit gekend had.

# 21

Nadat we op de boulevard Saint-Michel wat gedronken hadden, liepen M. en ik terug naar de rivier, deze keer staken we de Pont Neuf over, en vervolgens helemaal omhoog naar het Gare du Nord. Een paar straten van waar ik woonde, nam ik afscheid van hem. Ik wilde niet dat hij het pand zou zien waarvan de ingang na zonsondergang regelmatig bezet werd door vrouwen die op klanten wachtten.

'Het was heerlijk,' zei M. en ik vroeg me af of ik hem moest omhelzen of op beide wangen moest kussen. Maar hij haalde zijn hand uit zijn zak en hield hem een momentje omhoog, toen stak hij hem weer terug en liep weg.

De volgende morgen schreef hij me een e-mail om me te laten weten dat we vergeten hadden een van de specialiteiten van Moda's visrestaurant op te noemen – gerookte bonito met zongedroogde tomaten. Maar belangrijker nog was, voegde hij eraan toe, dat hij hoopte dat ik hem op meer verhalen zou trakteren. Ik ben de uitdrukking niet vergeten, *op verhalen trakteren*.

Ik heb hem een aantal weken niet meer gezien, weken waarin we volledig opgingen in een e-mailuitwisseling. 'Een traktatie,' noemde hij het opnieuw. Ook dit gebeurde verder, net als onze eerste wandeling, zonder een schijn van formaliteit, zonder excuus of verontschuldiging.

Na die eerste keer viel M. vervolgens meteen met de deur in huis. 'Luister even hiernaar,' begon hij dan, of: 'Je hebt het mis.' Hij schreef alsof hij tegenover me aan tafel zat en ons gesprek van de eerste avond nog niet beëindigd was. Dit is degene die ik het beste ken, deze stem die tot me sprak vanaf de andere kant van de stad, alsof hij me recht in de ogen keek.

Maar toen ik hem weer zag, wist ik weinig meer over M. dan tijdens onze eerste wandeling. Het leek erop dat we, in plaats van intussen nader tot elkaar gekomen te zijn, opeens weer stroeve stappen moesten zetten om bij de ander in de buurt te komen.

M. had er een handje van praktische zaken te omzeilen. Dan schreef hij dingen als: 'Zonder al die dagelijkse beslommeringen zou ik me volledig concentreren op mijn nieuwe boek, mijn Thracische project, dat zich dicht bij je moeders mooie Aldere afspeelt en waar jij zo'n poëtische beschrijving van geeft.' Maar hij legde niet uit wat die 'dagelijkse beslommeringen' inhielden. In plaats daarvan schreef hij me wat een geluk hij had gehad me juist nu ontmoet te hebben, op het moment dat hij op zoek was geweest naar een gids voor de landschappen van Thracië.

Op een keer verwees hij naar Parijs als een 'droevige en vergevingsgezinde stad' en ik vroeg hem niet waarom hij dit vond. Ik had het gevoel dat feitelijke nieuwsgierigheid de regels van onze correspondentie overschreed. Dat is ook de reden dat ik niet naar iets buiten onze vriendschap verwees – naar alles wat ik al over hem wist – en M. begon er zelf ook niet over. Ik schreef ook niet dat ik zijn romans gelezen had.

Zoals ik al zei had ik het gevoel dat de regels van onze vriendschap stilzwijgend vastgesteld waren en ik besef nu dat ze een merkwaardige gelijkenis vertoonden met hoe ik gewild zou hebben dat ze waren wanneer ze wél met zoveel woorden afgesproken waren. In mijn jeugd, en zelfs daarna, had ik ervan gedroomd een vriend te hebben met wie ik mijn vreemde onderwerpkeuzen eindeloos kon voortzetten, zonder angst op ongemakkelijk terrein terecht te komen.

Destijds meende ik dat *op verhalen trakteren* een uitdrukking was uit M.'s persoonlijk vocabulaire en manier van leven, maar nu denk ik dat hij misschien iets benoemde dat hij in mij waarnam.

## 22

Mijn moeder groeide op in Aldere toen ze samen met Akif amca, Oom Akif, de buurman, in het bos liep. Dit was het verhaal dat ze meestal vertelde, en ze begon er altijd op precies dezelfde manier mee:

'Ik ben opgegroeid toen ik samen met Akif amca in het bos liep.'

Zo wilde ze dat ik haar kende en ze stond erop het op deze manier te vertellen, alsof de jaren voorbijgegaan waren en zij ouder en langer geworden was zonder ooit uit dat bos te komen. Op de beste dagen, de allerbeste bedoel ik, wanneer ik mijn spel vergat omdat de score moeiteloos opliep, kwam ze naar mijn kamer zonder dat ze uitvoerig op onze dag terug wilde kijken of zonder die weer vanuit het niets op te willen roepen. In plaats daarvan vertelde ze me over Aldere. En als herinneringen en verhalen, wanneer er voldoende tijd is verstreken, inwisselbaar zijn, is dit tevens het verhaal van mijn eigen jeugd.

Destijds bracht de suikerfabriek van Aldere het stadje tot leven in de maanden dat de vrachtwagens afgeladen met bieten van overal uit de regio aan kwamen rijden. Ze vertraagden wanneer ze de slingerweg op reden en moesten behoorlijk schakelen tot ze eenmaal bij het gele huis van mijn grootouders aan de rand van de stad gearriveerd waren.

Mijn moeder zat bij de eerste groep kinderen uit het stadje die achter de vrachtwagens aanging, helemaal tot aan het hek van de fabriek, ondertussen de bieten die op de weg vielen bijeenrapend. Sommige kinderen verkochten voor een paar kuruş hun bescheiden oogst aan de fabriek – genoeg voor een ijsje, of als de vrachtwagen de bocht te snel had genomen en een flinke zwik bieten de greppel in had gestrooid, voor een handwaaier of een spel kaarten uit de winkel van mijn grootvader. Andere kinderen namen de bieten mee naar huis om ze op houtskool te roosteren. Mijn moeder bracht die van haar mee naar Akif amca's tuin en legde ze voorzichtig op de halzen van wat glazen flessen. Akif amca haalde uit het houtschuurtje een geweer tevoorschijn en keek al knikkend toe terwijl ze er de ene na de andere kogel doorheen joeg.

In de maanden dat de fabriek in vol bedrijf was en de lucht zwaar naar melasse geurde, werden er voor de rijke families van Aldere concerten, spelavonden en lunches georganiseerd. Maar het hoogtepunt van het seizoen was het Suikerbal, waarvoor de vrouwen uit het stadje paniekerig oude jurken van tafzijde uit elkaar haalden om er aan de hand van een tijdschrift met naaipatronen nieuwe van te maken, in een zo getrouw mogelijke imitatie van de Istanbulse elite. In de uitnodigingen voor deze feestelijkheden – waarvan mijn moeder en ik er tijdens ons laatste bezoek aan Aldere eentje terugvonden, nog altijd in de handgeschreven envelop – werd vriendelijk verzocht geen kinderen mee te nemen. Mijn moeder bracht die avonden door bij Akif amca, ook al was mijn grootmoeder van mening dat hij geen goede invloed op haar had.

Akif amca was in de tijd dat mijn moeder werd geboren naar Aldere verhuisd om er als manager in de fabriek te gaan werken. Hij ging nooit naar de feesten in het stadje en werd er na een aantal jaren ook niet langer voor uitgenodigd. Daar kwam bij dat de stadsbewoners deze man, die zich als een buitenlander gedroeg, begonnen te wantrouwen, de man wiens stem luider werd met elk glas raki dat hij in de tuin gezeten dronk, wanneer hij zijn bezoekers of wie er ook maar toevallig langsliep zijn buitenissige verhalen begon te vertellen. De buren glimlachten beleefd bij het noemen van de namen van steden die hij goed beweerde te kennen – Rome, Londen, Madrid, Parijs. Oudere jongens schreeuwden wanneer ze langs de overwoekerde tuin kwamen, zogenaamd dronken lallend: 'Ik wandel over de *Sjanzelizee*!'

Nog verdachter was dat Akif amca's huis werkelijk uitpuilde van de boeken en paperassen, in tegenstelling tot de nette huizen van de vooraanstaande kringen van Aldere, die door de fabrieken van Europa – Limoges, Praag, Meissen – van kristal en porselein waren voorzien. Aan de namen van deze plaatsen was niets zweverigs, zoals aan de fantastische verhalen van Akif amca, ze stonden gedrukt op suikerpotjes, dienblaadjes en duimgrote dorpsmeisjes met melkemmers in de hand. Ze vervulden de huishoudens ontegenzeggelijk met Europese achtenswaardigheid.

De verhalen van mijn moeder over de wandelingen begonnen met het geluid dat het smeedijzeren, met rozen vervlochten tuinhekje maakte als haar ouders weggingen. Dan sprong ze over de muur naar Akif amca's tuin en wachtte tot hij zijn wandelstok uit de schuur gehaald had. Badem, de Engelse setter, zat al bij het hek en met z'n drieën vertrokken ze in het laatste, gouden licht naar het bos.

In plaats van de hoofdweg te nemen, liepen ze langs de kreek en staken de stenen brug over, waar – zoals in het stadje verteld werd – ooit een reiziger bij zonsondergang had staan staren naar het gloeiend gevlekte water dat Aldere zijn poëtische naam gegeven had: Karmozijnen Kreek. (Ik kende alle plekken die voor de wandeling van belang waren en keek er in mijn moeders verhalen altijd naar uit.)

Wanneer ze de zonnebloemvelden passeerden, bleef Akif amca staan om met zijn zakmes een bloem af te snijden en dan haalden ze de zaden uit het brede, zwarte bloemhoofd. Mijn moeder hield Badem er ook altijd een paar voor, die beleefd even snuffelde voor hij voor hen uit rende.

Eenmaal in het bos begon Akif amca zijn lijst op te dreunen. Kastanjeboom, lindeboom, pijnboom, beuk. Klaproos, pronkwinde, paardenbloem. Terwijl hij het bos benoemde – voor mijn moeder een hele wereld op zich – ontsproten er duidelijke vormen aan de wijzende punt van Akif amca's stok. De stengels waren dik en dun, sliertig, melkachtig, hol. De bast was glad, ruw of mossig. De bladeren waren rond, de bladeren waren scherp. Ze zweefden of dwarrelden, tolden naar de grond.

Ik bracht elke zomer van mijn jeugd door in het huis van mijn grootouders in Aldere. 's Middags lag ik onder de moerbeiboom en keek naar het stenen huis aan de andere kant van de lage muur, die de rozentuin van mijn grootmoeder scheidde van een woud aan onkruid en lege flessen.

Ik was maar één keer bij Akif amca thuis geweest, op een

hete middag toen mijn moeder me op kwam halen omdat we weer teruggingen naar Istanbul. Ik herinner me de geur van oude huid en eau de cologne, en ogen die me opnamen vanaf de bank.

Mijn moeder had me gevraagd de hand van de oude man te kussen en hem een doosje gekonfijte kastanjes aan te bieden. Na het middagmaal – hij stond erop dat we bleven eten en mijn moeder zei ja ondanks mijn stille smeekbeden – verdween hij naar de slaapkamer en kwam terug met een doos met spullen. Tot mijn ontzetting bevatte de doos alleen maar een roestig zakmes, een wandelstok en wat foto's.

Toen we vertrokken zei de oude man tegen me dat ik de ogen van mijn moeder had.

Ik was eraan gewend dat mensen tegen me zeiden dat ik de ogen van mijn vader had. Familieleden zeiden het meewarig of bevreesd, alsof ze een geestverschijning zagen.

'Moet je die ogen zien,' zeiden ze. 'Net die van haar vader.'

Maar Akif amca sprak met een autoriteit die me van streek maakte, alsof hij van me afpakte wat me rechtens toekwam – deze link met mijn vader.

'Je hebt de ogen van je moeder,' zei hij. 'En ben je ook net zo koppig?'

In mijn jeugd waren de dagen van de door de fabriek georganiseerde Suikerbalfeesten en de tafzijden japonnen voorbij. De bescheiden vleug Europese beschaving was bijna geheel verdampt. Later, toen de fabriek voorgoed haar deuren sloot en men de huizen verliet, bestudeerde ik de zwart-witfoto's van Aldere's gouden eeuw. In hun schemer herkende ik het verdwenen stadje waar ik als kind een glimp van had opgevangen – de tafels gedekt met kristal, de eenvoudige bontjassen, de hoeden en wandelstokken, het smeedijzeren hek (en de slingerweg die door de lome zomermiddagen van mijn jeugd naar een ander, fleuriger stadje liep), de bij zonsondergang karmozijnrood gevlekte kreek.

# 23

Die eerste weken, waarin ik M. vaak en vol enthousiasme schreef, maakte ik veel wandelingen door de stad om goed te maken wat ik bij aankomst had nagelaten. Ik kwam terug in het appartement met een lijst van dingen die ik hem wilde vertellen. Voor alle duidelijkheid, het betrof een korte periode, deze paar weken dat we elkaar schreven, maar ik herinner me haar als een seizoen op zich.

Net zoals hij over de gerechten in Moda's visrestaurant had gesproken, schreef M. me nu over de kleinste details, alsof dat de dingen waren die hem werkelijk bezighielden.

We voerden een lange discussie over vogelnesten, de wonderbaarlijk compacte structuur ervan en de teleurstelling om ze in modder en twijgen uit elkaar te zien vallen. M. vertelde me over een verzameling vogeleieren die hij als kind had gehad en hij somde een voor een hun kleuren op, elk een tint donkerder dan de ander: nat zand, kersenboombast, avondblauw, schreef hij, en ik was verbaasd over zijn precisie. Ik was blij dat ik zijn opsomming mocht ontvangen, als ging het om een gedicht. In ruil daarvoor vertelde ik hem over mijn moeders foto's van de deur in Aldere, bij verschillend licht genomen en altijd met een bezemsteel tegen de muur. Ik beschreef alle verschillende uren die het stadje kende en die in mijn vertelling nog mythischer werden dan het Aldere van mijn moeder: de mistige, koude ochtenden, de heldere middagen, de van houtrook vervulde avondschemering. Op deze manier stapten we van het ene onderwerp over op het andere, volgens onze geheel eigen logica, niet gebonden aan welke drukkend alledaagse manier van denken ook.

M. bracht verslag uit over de judasboom op de binnenplaats van zijn appartementencomplex, hij bracht zijn kale takken in kaart en liep al vooruit op de eerste knoppen. Een keer schreef hij dat judasbomen hem altijd aan Istanbul deden denken.

Ik zei tegen hem dat mijn moeder erg van die bomen had gehouden en dat zij en ik elk jaar naar het Adile Sultan-paviljoen waren gegaan om er te lunchen en ze te bewonderen.

Ik had M. geschreven over het overlijden van mijn moeder en hij reageerde verder niet op die mededeling, wat ik als een teken van hoffelijkheid zag. Zoals ik zei, het leek erop dat hij bepaalde dingen al wist en ik was opgelucht dat ik ze niet verder uit hoefde te leggen. Maar ik maakte me ook zorgen dat hij op onbewaakte ogenblikken dingen aan me kon zien.

'Je hebt niet gezegd wat je tijdens deze lunches in het Adile Sultan-paviljoen hebt gegeten,' schreef M. terug. Ik herinner me zijn ongeduld, zijn gretige nieuwsgierigheid naar dat soort details.

Ik zei tegen hem: gepureerde tuinbonen, artisjokken, witte asperges uit İzmir, geroosterd lamsvlees met tijm.

En dan waren er nog onze zondagse vislunches, zei ik. Die vormden een wereld op zich.

# 24

Nadat we naar het nieuwe appartement verhuisd waren, wandelden mijn moeder en ik op zondag steevast langs het water naar Yeniköy om bij Aleko vis te eten. Ik kan me niet herinneren hoe het kwam dat dit een traditie werd, maar het moet begonnen zijn als een van moeders kleine feestjes die volgden op een periode van lang stilzwijgen – die dagen waarop ik in mijn spel veel punten scoorde – waarna mijn moeder aan mijn deur verscheen alsof er niets gebeurd was.

'Nunito? Wat doe je hier helemaal alleen?'

Nadat ik deze laatste, doorslaggevende punten aan mijn totaalscore had toegevoegd, keek ik achteloos op van mijn krantenstad en haalde mijn schouders op.

'Ik hoop dat je niet vergeten bent dat we morgen gaan wandelen,' zei ze. In dit verhaal, waar we het stilzwijgend over eens geworden waren, was ik degene die maar bleef vergeten, was ik degene die eenzaamheid opeiste.

Waren we eenmaal bij de boulevard aangekomen, die zich mijlenver uitstrekte, dan begon mijn moeder sneller te lopen en ik meende dat ze misschien zelfs zou gaan rennen, alsof ze midden in de Bosporus wilde springen. Met mijn hand in die van mijn moeder had ik het gevoel dat we samen door een enkel paar ogen keken en dezelfde fraaie dingen zagen, ons onder het lopen verheugend op de historische monumenten: de drie oude huizen langs een kanaal in Arnavutköy, net drie verschrompelde zussen; de vislijnen van de vissers in Bebek, met hun emmers vol flapperende vissen; het dreigende Rumeli-fort op de bergen. Iedere keer dat we deze vesting naderden, vroeg mijn moeder me wie haar gebouwd had en dan antwoordde ik vlug: 'Mehmet II, 1452!'

Op de drempel van elke buurt kondigde ik als een reisgids de eerstvolgende bestemming aan: 'Dit is Emirgan. De volgende halte: İstinye!' Soms noemde ik, alsof ik een kinderrijmpje voordroeg, de wijken van de Bosporus in rap tempo achter elkaar op en ik genoot van al die namen: 'Ortaköy, Kuruçeşme, Arnavutköy, Bebek, Rumeli Hisarı, Baltalimanı, Emirgan, İstinye, Yeniköy, Tarabya, Kireçburnu, Büyükdere, Sarıyer.' (Toen ik in Parijs woonde, herhaalde ik voor mezelf – met hetzelfde plezier – de haltes van metrolijn 4: Saint-Placide, Saint-Sulpice, Saint-Germain-des-Prés, Odéon, Saint-Michel.)

Tijdens sommige wandelingen zei mijn moeder: 'Nunito, laten we eens zien of je ze ook achterstevoren op kunt noemen,' en dan raakte ik helemaal opgewonden. (Ik scoorde altijd wat punten als ze me voor deze uitdaging stelde.) Ik begon langzaam, met behulp van mentale beelden deze keer, en volgde mijn pad terug vanaf de bergen van Sarıyer, voorbij de villa's van Büyükdere, naar de steile en smalle straat in Kireçburnu, die vanaf de boulevard omhoog voerde en me met zijn overwoekerde hekken aan Aldere deed denken. Langs deze weg lopend had ik het desoriënterende gevoel dat, als ik hem zou blijven volgen, ik mijn grootouders in de tuin aan zou treffen, terwijl ze geweren aan het poetsen of de drempel aan het schoonvegen waren.

Soms zaten we op een bankje voor het staatsziekenhuis in İstinye naar de echo's van galmende hamers van de scheepstimmerwerf te luisteren. Deze kleine baai, het blauwgroene water omvattend, vol timmerhout, touwen en kranen, was voor mij het bewijs van Istanbuls arrogante schoonheid. Ik meende dat als de stad het zich kon veroorloven een dergelijke baai af te staan aan een chaotische scheepswerf, zij ontelbaar veel meer fraaie bezienswaardigheden moest kennen. Op dergelijke momenten splitste Istanbul zich in de stad die ik kon zien en een verborgen stad die aan andere mensen voorbehouden was.

Toen we in Yeniköy aankwamen, liep mijn moeder met gebogen hoofd langs restaurant İskele en de jonge ober Yaşar die bij de deur stond te wachten. We gingen niet meer naar İskele nadat ze ons twee weken achter elkaar bedorven vis hadden voorgezet, maar mijn moeder bleef zich schuldig voelen wanneer ze langs de obers liep die ze bij naam kende. We haastten ons door de lommerrijke laan naar onze bestemming. Aan het eind van onze wandeling mocht ik van mezelf een keer klagen.

'Nejla!' zei ik, terwijl ik mezelf voortsleepte en jammerde dat ik moe was, alleen om mijn moeders lof te horen, die me tien punten opleverde en al zo vroeg op de dag een winnaar van me maakte. Er waren niet veel andere gelegenheden waarbij dit mogelijk was: 'Nunito,' zei mijn moeder, 'je liep als een echte ontdekkingsreiziger.'

Ook al verruilden we toen ik tien of elf was restaurant İskele voor Aleko, ik bleef het altijd als het 'nieuwe' restaurant zien en ik bleef een hekel houden aan de kruiperige eigenaar, Selim Bey, die me prinses noemde en zijn klamme hand naar me uitstak om me die ene tree naar de ingang op te helpen. Hij leidde ons door de gang met koelvitrines, waarin de glimlachende vangst van de dag uitgestald lag, en verder de trap op naar het terras waar we aan een tafeltje achterin kwamen te zitten, met uitzicht over zee.

Mijn moeder vroeg Selim Bey naar zijn aanbevelingen, bleef de voors en tegens van zijn voorstellen afwegen en eindigde met de smeekbede datgene klaar te maken wat het meest vers was.

Selim Bey antwoordde steevast dat alles vers was en voegde er pruilend aan toe dat hij er niet over zou peinzen ons iets anders te serveren. Toen stelde hij een eenvoudige gegrilde blauwbaars voor, met voor de smaak iets gefrituurds erbij, en dan nog wat gestoofde harder.

'Is het het seizoen voor blauwbaars?' vroeg mijn moeder zich bezorgd af. 'Zou harder niet te droog zijn?'

Mijn favoriete gerecht was *istavrit*, dat we alleen een of twee keer aan het begin van de herfst aten. Ik associeerde het korte seizoen met het kleine glinsterende lijfje van de vis, die, zo stelde ik me voor, doorgaans zelfs aan de meest gewiekste visnetten wist te ontkomen. Tijdens deze lang verwachte *istavrit*-lunches liet mijn moeder Selim Bey weten dat we de voorgerechtjes zouden laten zitten en alleen vis aten.

Normaal gesproken begonnen we met gerechten die we uitkozen van het kleurrijke dienblad dat naar onze tafel gebracht werd. Mijn moeder wees op de auberginesalade en de witte bonen. Ze koos de feta ('Koopt u nog altijd uw kaas in Kardeşler?'). Het was mogelijk dat ze met enige tegenzin ook de meloenschotel nam, al mocht ze graag zeggen dat meloenen niet meer zo smaakten als toen ze klein was.

Zodra ons eten gearriveerd was, begon mijn moeder aan haar vragenrondje. Ze testte mijn kennis van de verschillende namen voor blauwbaars, van klein tot groot (*çinekop, sarıkanat, lüfer...*) of ze vroeg me waarom er tijdens het blauwbaarsseizoen geen bonito in de Bosporus zat. Ik zag de grijnzende bekken in de koelvitrine weer voor me en antwoordde dat de minuscule zaagtandjes van de blauwbaars gehakt zouden maken van de bonito.

Na de lunch zaten we stilletjes bij elkaar, terwijl mijn moeder koffie dronk en rookte, en we luisterden naar het kabbelen van het water onder ons, en naar het plechtig geschal van de misthoorns op de veerboot die langs Yeniköy naar de monding van de Bosporus voer, waar de straat uitkwam op zee en onze veelgeprezen zondagse vis in de netten van de vissers eindigde.

Op sommige middagen, als er op het terras mannen aan een tafeltje zaten, dronk mijn moeder haar koffie niet op, maar vroeg ze meteen om de rekening (die Selim Bey met een buiging en een waaier van vochtige handdoekjes presenteerde). Een of twee keer hadden deze mannen het glas naar mijn moeder geheven en zelfs een schotel met fruit naar onze tafel laten brengen, die mijn moeder met een vluchtig glimlachje afwees. Op dergelijke dagen kwam er een abrupt einde aan onze lunch en deed mijn moeder me snel mijn jas aan, ook al kon ik zoiets simpels best zelf. Ze stond erop de rits helemaal tot aan mijn hals dicht te trekken en rukte nogal zinloos aan de mouwen alsof ze me weg wilde stoppen.

Na afloop, bij het water staand, besloten we wat we verder zouden doen. Mijn moeder zei dat het nog zo vroeg was en stelde voor dat we haar tantes een bezoek zouden brengen, zich er wel van bewust dat ik dat liever niet deed. Ik vond het niet erg bij hen op bezoek te gaan; ik zou het misschien zelfs leuk gevonden hebben, maar mijn moeder was in hun gezelschap niet zichzelf en er zou een einde komen aan onze dag samen. Soms vertelde ze me dan een verhaal om de teleurstelling te verzachten van weer naar huis te moeten.

'Heb ik je ooit verteld over de tijd dat Akif amca naar Parijs ging?'

Maar zelfs als we dan niet teruggingen, wist ik dat aan ons uitstapje onvermijdelijk een einde zou komen en dat we terug moesten naar ons gewone leven, waar maar zo langzaam punten vergaard werden.

# 25

Iets anders dat ik M. in die tijd vertelde, die weken waarin we onszelf van alle aardse logica vrijgesteld hadden, was dat ik bezig was met een boek over Akif amca. Ik was verbaasd dat het idee voor een roman zo vlot bij me was opgekomen. Ik liet hem weten dat ik de loop van Akif amca's leven van Istanbul naar Parijs volgde en van daar weer terug naar Aldere, waarbij ik gebruikmaakte van zijn gedichten en fragmenten uit zijn dagboeken.

Het klopt dat Akif amca enkele gedichten had geschreven in een dagboek dat hij bijhield toen hij jong was. Mijn moeder had het dagboek gevonden in een doos, waarin zich eveneens foto's, uitnodigingen en een telefoonboek bevonden, tijdens onze laatste reis naar Aldere, toen we het huis van mijn grootouders leeg gingen ruimen. In Istanbul bewaarde ze Akif amca's dagboek naast haar bed, al kan ik me niet herinneren dat ze erin las. Ik had het meegenomen naar Parijs, niet omdat ik hoopte op de pagina's ervan iets te ontdekken – dat is voer voor romans – maar om een deel van mijn moeders wereld te bewaren.

'Wat een bof dat we elkaar tegenkomen op het moment dat we beiden bezig zijn om een Thracisch project op te zetten,' schreef M. Hij deed ongelovig noch afwijzend en ik was verrast te lezen dat hij onze ontmoeting als een toevalligheid beschouwde.

Hij vroeg me hem meer over mijn roman te vertellen, als ik het niet erg vond.

'Ik weet hoe fragiel deze ideeën nog kunnen zijn, hoe het landschap dat je voorzichtig aan het naderen bent met een enkele misstap in het schemerduister kan verdwijnen.'

Ik was hem dankbaar dat hij me zo gemakkelijk opnam in een beroepsgroep met heel eigen gevoeligheden die mij goeddeels onbekend waren.

Ik vertelde M. dat mijn roman, net als zijn eigen boek, een reconstructie was van een verdwenen wereld. Ook al was die bewering nieuw voor me, het was ook weer niet direct een leugen. Wat ik graag gezegd zou hebben was dat ik deze roman zou kunnen schrijven met M. als mijn publiek. Dat zou de waarheid zijn geweest.

Misschien vertelde ik hem uit louter trots dat ik een roman over Akif amca aan het schrijven was, om wat meer te maken van mijn dagen, waarin tegen die tijd onze gesprekken feitelijk centraal stonden.

Elke ochtend verliet ik mijn appartement om naar de overdekte markt van Saint-Quentin te gaan, voor een wandelingetje naar de rivier of naar de Passage Brady met al haar kruidenwinkeltjes. Ik schreef M. over deze plekken alsof ze deel uitmaakten van mijn eigen dagelijkse loopje, alsof ik al op deze manier leefde voor ik hem ontmoet had – 'Vanochtend, toen ik op weg was naar het Italiaanse kraampje op de markt...'; 'Ik ging bij de bloemenwinkel langs en de eigenaar was even knorrig als altijd.'

M. zei tegen me dat de meest eenvoudige dagelijkse gewoonten van mij iets poëtisch hadden. En als gevolg van die observatie van hem probeerde ik nog meer poëzie aan mijn dagen toe te voegen.

(Ik vind het nu een beetje pijnlijk om aan terug te denken, ik kan niet zeggen waarom, maar ik had een kom gekocht voor het appartement. Een diepe, donkerblauwe kom die ik met fruit vulde. Een poëtisch plaatje, maar misschien alleen opdat ik er M. over kon schrijven.)

's Middags koos ik bepaalde plaatsen van bestemming uit Akif amca's dagboeken – de oude kristalfabriek aan de rue de Paradis, het kalme en lommerrijke gedeelte van het Canal Saint-Martin met zijn *péniches*, de grot achter de waterval in het Parc des Buttes-Chaumont – altijd met het vage idee dat deze plekken uiteindelijk in mijn denkbeeldige roman zouden passen. En altijd ging ik naar huis om M. over mijn ontdekkingen te schrijven.

Akif amca's dagboek bevatte reisaantekeningen, uit boeken overgeschreven regels en een aantal gedichten. De gedichten waren een en al heimwee naar Istanbul. Ik vond ze amateuristisch, en zelfs schoolmeesterachtig als ze historische feitjes opsomden over de stad, maar om diezelfde reden hield ik er ook van – om hun naïeve gretigheid. Ik deelde mijn observaties echter niet met M. Ik deed alsof Akif amca een groot dichter was geweest en het nu mijn verantwoordelijkheid was zijn werk onder de aandacht te brengen.

Ik vertelde hem over een gedicht waarvan de titel, 'De uitvinding van middernacht', me intrigeerde. Het was een mysterieuze titel, vond ook M., maar hij zei dat zijn Turks niet goed genoeg was om poëzie te lezen. Hij verontschuldigde zich voortdurend, herinner ik me, maar dat droeg alleen maar bij aan zijn zachtaardige autoriteit.

'Mijn excuses voor mijn onhandige nieuwsgierigheid,' schreef hij. 'Maar ik zou je dankbaar zijn als je dit gedicht zou willen vertalen.'

Het gedicht zelf kwam de belofte die de titel inhield nooit na en ik heb het niet vertaald. Het ging niet over een fantastische avond, zoals de titel suggereerde, maar over het letterlijk verzetten van de openbare klokken in de Turkse Republiek, bij de omschakeling naar de westerse kalender.

In de loop der tijd werd de titel van het gedicht een soort code voor ons die niets meer met het gedicht zelf te maken had en altijd als we het woord *middernacht* uitspraken, deden we dat vanuit hetzelfde achterliggende idee.

Dit is wat ik bedoel als ik zeg dat ik niet loog. Het leek erop dat met M. als publiek er als vanzelf een compleet landschap aan woorden en beelden tevoorschijn kwam, met zijn eigen specifieke betekenis.

# 26

Wanneer vreemden ons naar mijn vader vroegen, zei mijn moeder tegen hen dat hij dichter geweest was. Ik deed alsof ik niet luisterde, zodat ze niet in verlegenheid gebracht werd.

'En uw echtgenoot, wat deed hij?'

'Hij was dichter.'

Ze zei het zonder met haar ogen te knipperen.

Het was het meest eenvoudige verhaal om over mijn vader te vertellen en toen ik opgroeide begon ik steeds heftiger naar deze dichter met zijn levendige verbeelding uit te kijken. Zelfs als alles wat er van hem was overgebleven de twee dunne bundeltjes waren die hij lang daarvoor geschreven had en die ik nooit gelezen had. Zelfs als hij, zolang ik me kan herinneren, niet wist hoe hij zich uit moest drukken, op die paar heldere momenten na, wanneer hij naar mijn kamer kwam en mijn naam spelde.

'N, U, R, U, N, I, S, A.'

Hij keek me aan alsof de hele wereld verenigd was binnen een enkel web. Alsof hij eindelijk iets begreep.

'Ik heb je deze naam gegeven,' zei hij tegen me. 'Het is een geschenk.'

Op sommige avonden kende hij de juiste spelling niet en moest ik hem met de letters helpen.

De kortstondige stilte die op mijn moeders woorden volgde wanneer ze vreemden die simpele mededeling over mijn vader deed, was ons eigen geheim – onze schande.

# 27

Mijn moeder had op school het verhaaltje gehoord dat meisjes jongens en jongens meisjes werden wanneer ze onder een regenboog door liepen. Tijdens hun autoritten naar Istanbul, dwars door eindeloze zonnebloemvelden, smeekte mijn moeder, wanneer de hemel zijn boog onthulde, haar vader om nog sneller te gaan en fantaseerde ze over alles wat ze zou doen als ze eenmaal aan de andere kant was beland. Dan kon ze net zo zijn als Akif amca, net als hij zijn wandelstok pakken en vertrekken zonder daarvoor verantwoording af te hoeven leggen.

Mijn moeder bleef vasthouden aan dit verhaal over dat ze een man wilde zijn. Ik werd er verdrietig van als ik het hoorde, maar dat zei ik haar niet. Iedere keer dat ze het verhaal over de regenboog herhaalde, dacht ik dat ze me duidelijk maakte dat zij en ik heel anders waren, maar ik kan niet zeggen of ze dit deed uit wreedheid of uit bescherming.

'Je hebt het leuk gehad, hè Nunu?' vroeg ze na bezoekjes aan de tantes, wat eerder een constatering was dan een vraag. Het was het bewijs dat ik in tegenstelling tot mijn moeder het merkwaardige vermogen bezat om plezier te beleven aan het gezelschap van vrouwen.

Toen we op een middag naar huis gingen, vertelde ik haar

over een recept dat ik had gekregen van de buurvrouw van Asuman die op de thee was gekomen en een cake had meegebracht. Ik legde uit hoe je die kleurkrullen in het hart van de cake aanbracht.

'Ik zal er een voor je maken,' zei ik.

'O Nunu,' zei mijn moeder. 'Ik kan er niet over uit dat je je met dit soort zaken bezighoudt.'

In gezelschap van andere vrouwen werd mijn moeder een ander persoon. Wanneer de tantes langskwamen, leek ze haar best te doen er slonzig uit te zien. Dan droeg ze een gebleekt paars hemd, een oversized rok. Ze liet haar lange haar in strengen uit het knotje vallen dat ze provisorisch op haar hoofd bijeengebonden had. Ik vroeg me soms af of mijn moeder op de een of andere manier mijn hulp nodig had. Wat ondersteuning.

'Nejla, laten we allebei iets groens aan doen,' zei ik voordat de tantes arriveerden, en ik liep naar haar kamer om haar lange, wijde jurk te zoeken – die jurk waardoor ze ineens veranderde. (En als ze dan ook nog haar gouden ketting omdeed, die met de kleine steentjes erin, zou ik niet eens meer punten hoeven scoren.)

Maar dan wierp mijn moeder me die blik toe, alsof ze erachter probeerde te komen wie ik was. En vervolgens zag ze er voor onze bezoekers op haar allerwildst uit. Het was alsof ze wenste dat wij haar allemaal voor gek zouden verklaren en haar verder met rust lieten.

Wanneer de tantes bij haar in de keuken zaten, rookte ze onder het koken de ene sigaret na de andere.

'Werkelijk, Nejla,' zeiden de tantes iedere keer, 'echt hoor, wat een voorbeeld voor Nunu.'

Mijn moeder liet de askegel aan haar sigaret steeds langer

worden tot hij in het eten dreigde te vallen. Maar hoe goed ze ook haar best deed, het toneelmatige ervan bleef zichtbaar – het flauwe glimlachje onder haar koppigheid, met de peuk die uit haar mond bungelde alsof ze een cowboy was.

Tijdens Bayram, wanneer mijn grootmoeder uit Aldere overkwam en zich bij de tantes – haar zussen – voegde voor gesprekken rond de keukentafel, deed ik alsof ik me verveelde, zodat mijn moeder zich niet buitengesloten zou voelen. Maar ik was dol op deze spontane bijeenkomsten waarbij een ware schat aan wijsheid en kennis in verder doodgewone vrouwen aan het licht kwam.

In het gezelschap van vrouwen had alles een naam en viel alles op zijn aangewezen plek. Wanneer een van de dochters van de buren niet langer op theevisite kwam, hoorde ik de tantes zeggen dat het alleen maar haar leeftijd was. De moeder van het meisje zei hun dat haar dochter haar kussen aan het omhelzen was omdat ze het liefst in het niets wilde opgaan, en de anderen lachten. Zo'n nauwkeurige beschrijving deed me versteld staan en ik was verbaasd over de manier waarop de vrouwen de mededeling aanhoorden, alsof het een voorspelbare tijd is in het leven van ieder meisje.

Anders dan voor mijn moeder, die bepaalde veranderingen negeerde tot ik naar de middelbare school ging, was er in dit gezelschap van vrouwen geen enkel onderwerp taboe. Asuman en Saniye vestigden rustig de aandacht op mijn frequente bezoekjes aan de wc of mijn sinds kort supergladde benen. De eerste keer dat ik mijn benen in korte broek onthulde, wat mijn moeder zonder een woord had opgemerkt, zei Asuman achteloos dat ze hoopte dat ze geharst waren, want als ik eenmaal was begonnen met scheren was het eind zoek.

Vrouwen bezaten onzichtbare voorraadkamers vol wijsheid als het ging om afvallen, spataderen, het terugdringen van cellulitis. Ze wisten stuk voor stuk alles van verhoudingen bij het koken – de grootte van lucifersdoosjes, de breedte van handpalmen. In hun recepten werd gerept over de dikte van een sinaasappelschil, de stevigheid van een oorlelletje, de dunte van een laken. Ik was dol op hun kracht en hun macht over de wereld.

Op een keer, toen mijn moeder en ik op het punt stonden bij mijn tantes weg te gaan, drong een buurvrouw erop aan dat we wat langer bleven, zodat we in ieder geval wat zouden eten. Asuman liet haar namens ons weten dat mijn moeder nu eenmaal ongeduldig was.

'Ze wordt ongedurig als ze lang op één plek is,' zei ze. Het stemde me tevreden dat mijn moeders manier van doen op zo'n eenvoudige en niet-dramatische manier beschreven werd.

In het gezelschap van vrouwen werden tragedies gesust en in het dagelijks leven ingebed. Vanuit een wolk van verwarring landden zaken weer zachtjes op aarde. Vrouwen wisten op de een of andere manier de wereld te kneden, met vaste hand en uiterst bekwaam, zoals mijn grootmoeder dat met haar deeg deed. Geduldig bewerkte ze de kleverige massa, met de zekerheid dat het deeg zich ten slotte gewonnen zou geven, net zoals vrouwen gemorst eten en stapels afwas binnen een paar minuten weg kunnen werken, en altijd met diezelfde kalmte.

Bij begrafenissen en aan het ziekbed van deze of gene hielden ze zich bezig met koken en thee serveren. Ze deelden taken uit, telden de hoofden van de gasten, zorgden dat er precies genoeg borden waren. Ze schepten soep op en *helva*, in gelijke porties, alsof hun zorgvuldige verdeling het verdriet glad zou strijken.

In het gezelschap van vrouwen betekende herinneringen ophalen gewoon dingen opsommen. Zo herinnerden mijn grootmoeder en haar zussen zich tijdens hun keukengesprekken ineens een vrouw die Sıdıka genoemd werd en die beneden gewoond had, waarop ze alle buren begonnen op te noemen die in hun gebouw gewoond hadden. Ze herinnerden zich alle namen van de Kanlıca-kruidenierszaak en de verschillende eigenaren ervan. Er was ene Ersen Efendi, die stotterde, en de klus om zonder in de lach te schieten groenten bij hem te kopen, stond hoog op hun geheugenlijst.

Ze noemden hun favoriete porselein, kristal, zilver en doeken. Ze herinnerden zich dat de organza zijde uit Cyprus niet alleen genoeg stof bevatte voor Saniye's rok met de hoge taille, maar ook voor mijn grootmoeders blouse en een bijpassend tasje. Ze somden de ingrediënten op voor desserts, de gerechten waar hun moeders tafel vol mee had gestaan. Ze noemden de spelletjes die ze speelden en hun variaties erop: knikkeren kon je zowel met drie als met vijf stuiters; blindemannetje met twee blinddoeken werd 'Jij of Ik' genoemd. Ze somden alle films op met Türkan Şoray en die met Doris Day, ze beschreven de familiebetrekkingen tussen de personages uit de serie *Roots* en refereerden aan geluk en ongeluk in *Dynasty*.

'Hoe ging dat liedje ook weer...?' zei een van hen, en dan begonnen ze de andere liedjes uit die streek te zingen. Mijn grootmoeder zorgde ervoor dat niemand te snel ging, van

Egeïsche op Anatolische liedjes oversprong; van het dagelijkse repertoire van hun moeder op de speciale liedjes die ze zong als ze droevig was. Er waren er ook die hun vader aan de eettafel zong, en dan zaten ze stilletjes met hun hoofd gebogen. En terwijl ze terugdachten aan deze liedjes, zongen ze met gebogen hoofd, alsof het liedje niet van de herinnering gescheiden kon worden.

'Hoe luidde dat gezegde ook weer...?' zeiden ze dan. 'Weten jullie nog dat restaurant...?' Bij al die herinneringen gingen ze puntsgewijs de bekende lijstjes af.

Zeker, er was sprake van hiërarchieën en de relaties tussen de afzonderlijke leden van een groep vrouwen werden bepaald door hun respectievelijke status. Asuman was nooit getrouwd geweest, zodat ze bepaalde zaken niet aanvoelde. En zo was het moederschap aan Saniye voorbijgegaan. Maar zij was in tegenstelling tot mijn grootmoeder verliefd geweest op haar echtgenoot en haar liefde kreeg elk jaar mythischer proporties, waardoor ze superieur geacht werd aan haar zussen. Aangezien haar overleden echtgenoot haar herinneringen niet meer kon corrigeren, vertelde Saniye een steeds intenser wordend liefdesverhaal, met een proeve van oprecht geluk waar haar zussen zich geen voorstelling van konden maken. Maar tijdens de samenkomsten werden deze rangen en standen opzijgeschoven en waren de vrouwen verenigd in hun ordelijke en keurig gerangschikte wijsheid, net als het volmaakt gesteven en gevouwen linnengoed in hun kasten.

Zelfs grote tegenslagen werden gespecificeerd. Asumans lijst begon met de driewieler waar ze nooit op mocht fietsen en ging verder met de daaropvolgende onrechtvaardigheden die ze als jonger zusje te verduren had gekregen. Saniye somde alle keren op dat de geest van haar echtgenoot aan haar verscheen, voor het eerst op de dag van zijn begrafenis, toen hij in de slaapkamer zijn manchetknopen aan het vastmaken was. Elk daaropvolgend bezoek werd herdacht aan de hand van de zorgvuldige aandacht van de geest voor kleding, het opvouwen van zijn zakdoeken, het poetsen van zijn schoenen of het dichtknopen van het vest dat hij droeg op zijn sterfdag in Aldere.

Mijn grootmoeder had op haar beurt de ergernissen over haar schoonmoeder teruggebracht tot een lijst met afdankertjes die ze gedwongen werd te dragen. De planken met haar grieven lagen volgestapeld met de zijde uit Marseille die voor haar schoonzus gekocht was en de jurken die zij, toen ze zwanger was van mijn moeder, met open rits moest dragen.

Soms vertelde mijn grootmoeder, aangemoedigd door haar zussen – de samenkomst van vrouwen had immers een zekere uitbundigheid tot gevolg – het verhaal van de weken die voorafgingen aan het huwelijk van mijn ouders. Het was mijn lievelingsverhaal, dat alleen werd verteld als mijn moeder er niet bij was. Mijn grootmoeder vertelde van de uitstapjes naar de bazaar, de diners en de lunches, de verwanten die helemaal uit Antalya overkwamen.

Asuman herinnerde zich het verlovingsdiner en noemde de gerechten op, alsof die het bewijs waren van waar geluk. Saniye zei dat de liedjes die avond onvergetelijk waren en ze somde de solo's op en de duetten, zich ten slotte het Franse liedje herinnerend dat mijn ouders samen zongen. Aan het einde ervan had mijn vader de gouden ketting met de steentjes tevoorschijn gehaald – dezelfde die mijn moeder in mijn jeugdjaren van somberte naar licht getrokken had – en die om mijn moeders hals gehangen.

Als de wereld eenmaal punt voor punt opgesomd was, werden eenmalige gebeurtenissen routinekwesties, verhalen over hoe de dingen altijd geweest waren. Ook dit behoorde tot het genoegen van het inventariseren, de vluchtigste herinneringen werden uitgerekt tot dagelijkse gewoonten.

# 28

(Wat Luke niet zei, wanneer hij erop wees dat iedereen een verhaal te vertellen had, was dat het een voorrecht is om een verhaal te hebben, om je eigen narratief even goed te kennen als je eigen naam.)

# 29

Het moet februari geweest zijn dat ik M. voor de tweede keer ontmoette, want hij schreef dat we moesten gaan wandelen om de judasbomen te zien vóór ze in bloei stonden. Dan konden we later nog meer van de bloesem genieten. Dat was echt iets voor hem, zo'n bijzonder verzoek. Zijn erkenning van nog niet ontloken schoonheid.

We besloten 's middags af te spreken, bij de uitgang van metrohalte Luxembourg. Ik leg het hier vast als een keerpunt in onze correspondentie: de praktische aspecten, het overgaan op tijdstippen en ontmoetingsplekken.

Bij het metrostation stond M. aan de overkant van de straat te wachten. Toen hij me zag, haalde hij zijn hand uit zijn jaszak en stak die even omhoog. Toen ik eenmaal de straat overgestoken was, boog hij iets naar voren en zei: 'Welkom terug.'

Hij leek een vreemde, ouder en geremder dan waar ik die weken aan gewend was geraakt – degene die met zo'n welwillend gezag schreef.

We wandelden het park in, het buitenste pad langs de hekken volgend. Ik was vergeten dat M. ondanks zijn ronde rug erg lang was. Hij stak zijn handen diep in zijn zakken, alsof hij zichzelf naar beneden wilde duwen.

We liepen een tijdje zwijgend naast elkaar, hij aan de rechterkant, ik aan de linker. Ik vroeg hoe het hem was vergaan sinds we elkaar hadden gezien en besefte meteen hoe vreemd het was om dit te vragen. We hadden elkaar geschreven tot vlak voor het moment van de ontmoeting. De avond daarvoor had M. me nog verteld wat hij over het bronstijdperk gelezen had. Het was een tijdvak dat hem fascineerde en hij sprak erover alsof het niet in het verre verleden lag, maar zich nu nog steeds ontvouwde.

Hij keek me zonder te antwoorden aan, stapte voor me langs en liep links van me verder.

'Zo is het beter,' zei hij. Ik meende dat hij misschien beter hoorde met zijn rechteroor, maar ik vroeg er niet naar. Gedurende de weken waarin we elkaar schreven, had M. opmerkingen gemaakt over zijn leeftijd. Hij zei dat hij misschien te oud was om zich alles nog goed te herinneren toen ik wat details in twijfel trok over Istanbul (hij herinnerde zich dat er blauwe mozaïeken bij de Kadıköy-veerhaven waren; ik vroeg hem of hij in plaats daarvan niet de Beşiktaş-haven in gedachten had), of hij reageerde op een verhaal dat ik vertelde met dat hij zelf de wereld echt niet zo precies waargenomen had toen hij zo oud was als ik. Ik accepteerde zijn opmerkingen zwijgend, met een welwillend gevoel, met de illusoire superioriteit die mijn jeugd me verleende.

Later ontdekte ik dat er niets mis was met M.'s gehoor, maar dat hij zich prettiger voelde als hij links van me liep. Laat me dus ook nog dit detail toevoegen aan het onscherpe portret van mijn vriend, lang en gebogen, met een litteken op zijn voorhoofd, links naast me lopend.

We liepen in bijna volledige stilte verder. Er waren veel dingen die ik hem wilde vertellen, maar ik wist niet hoe ik een gesprek moest beginnen met de persoon die naast me liep. Het was alsof er een onzichtbare muur tussen ons stond en ik eroverheen moest klimmen om met de andere M. te kunnen praten. Ik wachtte op een teken van hem, in de hoop dat hij de draad van een van onze geschreven gesprekken van de afgelopen weken op zou pakken. Alles wat de twee M.'s meer naar elkaar toe zou brengen. Maar M. – degene die naast me liep – deed geen enkele moeite om de muur te slechten. Ik vroeg me af of hij een vergelijkbare vervreemding ervoer of dat hij slechts studie maakte van mijn humeur en temperament.

Wanneer ik me hem probeer te herinneren, ervaar ik soms ditzelfde gevoel van uitputting, van iemand achter een muur, wiens totaliteit verborgen blijft, maar die in stukjes en beetjes aan me verschijnt. Het is vermoeiend te proberen deze stukjes en beetjes aaneen te rijgen en na een tijdje bevrijd ik ze van de zwakker wordende grip van mijn geest en laat ik ze elk weer teruggaan naar hun eigen kant: de lange man, de schrijver, de aarzelende hand die uit de zak omhoogkomt, de dwalende, gereserveerde blik.

Toen we helemaal rond het hek hadden gelopen en weer terug waren bij de metrohalte, verbrak M. plotseling de stilte en wees naar de judasboom vóór ons, met zijn kale takken.

'De bomen van je moeder,' zei hij.

Ik was enigszins verrast door deze verwijzing, alsof een vreemde een privégesprek had afgeluisterd.

'Ja, inderdaad,' zei ik.

'Jouw beschrijving raakte me,' vervolgde M, 'en al je herinneringen aan je moeder net zo. En ik was ontroerd dat je ze met me deelde.'

'Wat een bijzondere band,' zei hij. 'Jullie beiden hadden je eigen wereld. Ik heb nooit een relatie als de jouwe gekend. En het spijt me zo dat ik je in Istanbul niet gekend heb, zodat ik jouw stad in mijn boeken had kunnen opnemen.'

We hadden het toegangshek bereikt en ik wees naar de overkant van de straat, naar de bistro met de rode luifel.

'Lunchtijd,' zei ik en M. lachte verrukt.

# 30

Dit alles is iets uit het verleden. Tegenwoordig lijkt het naïef, zo niet misplaatst, om je terug te trekken uit de echte stad. En het is moeilijk over Istanbul te praten zonder het noodlot te noemen waardoor de stad getroffen is.

Zij die het maar over Istanbuls schoonheid blijven hebben, bevinden zich ongetwijfeld op grote afstand ervan. In de stad is er allereerst dat constante rumoer te horen. En de drukte. Zoveel eenzaamheid te midden van zoveel mensen.

Istanbul drukt elke dag zwaarder op ons. Het wordt steeds moeilijker dat te negeren, zelfs wanneer ik het gevoel heb dat ik hier net zozeer een vreemdeling ben als in Parijs.

Maar ik weet dat de stad iets zegt en dat de boodschap steeds luider begint te klinken. Ik twijfel er niet aan dat de betekenis daarvan gauw duidelijk zal worden, of ik er nu naar luister of niet.

Het is een futiele bezigheid, deze inventaris die ik aan het maken ben van een verdwenen vriendschap. Het is een manier om de korte tijd door te komen voor iets anders het overneemt.

# 31

Nadat M. en ik de tuinen hadden verlaten, lunchten we bij Au Petit Suisse aan de overkant van de straat. Het is de bistro met het smalle terras, op een steenworp afstand van het meer populaire, limoengroene café op een hoek van de Place Edmond-Rostand.

Ik zie de plek nog precies voor me en het steekt me als ik eraan denk dat het leven daar misschien doorgaat als altijd, met zonlicht dat er aan het begin van de middag in stroken naar binnen valt, de vaste gasten die zonder iets te zeggen hun tafeltje bezetten, toeristen die buiten een onoverzichtelijke menukaart proberen te ontcijferen.

M. en ik namen het tafeltje achterin. Na deze eerste lunch gingen we er verschillende keren heen en namen altijd plaats in dezelfde hoek. We noemden deze zaak 'onze bistro'. Die op Saint-Michel, waar we tijdens onze eerste wandeling iets gedronken hadden, was 'het avondcafé'. De metro-uitgang van station Luxembourg noemden we 'de plek'.

'Laten we morgen op de plek afspreken,' zeiden we dan, of: 'Zullen we in het avondcafé wat gaan drinken?'

Laat me nog wat dingen opschrijven voor het geval ik ze later vergeet te noemen. Zo had je 'Sir Winston', de oude ober in onze bistro, die ons ieder twee stukjes chocola bracht bij de koffie. 'De filosoof' was de knorrige ober die aan de tafeltjes buiten bediende. We verwezen naar mensen met spirituele neigingen als naar 'kristalkijkers'. Diegenen die het leven met de onoprechte compassie uit zelfhulpboeken tegemoet traden noemden we 'dictators'. Ik weet niet wie van ons met deze benaming op de proppen kwam of waarom – ik denk niet dat ik M. iets over Luke verteld had. Maar ik zei tegen hem dat mijn moeder ook altijd achterdochtig had gestaan tegenover dergelijke 'dictators'.

'Ik wou dat ik die briljante vrouw had gekend,' zei M.

Ik vertelde al dat 'De uitvinding van middernacht' een soort code voor ons was en dat er andere waren die daarop leken, zoals 'Apollodorus', wat geheimtaal was voor vergeten schrijvers, maar ook voor het snel verstrijken van de tijd. De naam was ontleend aan een paar regels die ik in Akif amca's dagboek gelezen had, van een Griekse dichter, Apollodorus, van wiens werk slechts twee dichtregels overgeleverd waren. (Wie kwam juist toen / tot aan de drempel van de deur?) In het dagboek had Akif amca geschreven dat deze regels waren als 'pijlers opgegraven in de woestijn'.

'De Apollodorussen van de wereld', hadden we misschien wel gezegd, of 'onder de tirannieke heerschappij van Apollodorus', waarmee we bedoeld zouden hebben dat het leven te kort was.

Ik ben me ervan bewust dat ons lexicon bizar klinkt wanneer je de woorden zo onder elkaar zet en dat die woorden langzaam hun betekenis verliezen. Ik kan niet zeggen wat er verloren zou gaan als zij verdwenen, maar het lexicon was een typisch product van onze vriendschap.

Tijdens onze eerste lunch in de bistro dirigeerde M. me zonder veel omhaal naar een plek met zicht op het park.

'Ga jij hier maar zitten,' zei hij.

Zodra we plaatsnamen keek hij eventjes naar de menukaart en legde die toen weg. Hij noemde de gerechten op die we zouden delen, meer bij wijze van constatering dan als een vraag om bevestiging. We namen op aanbeveling van Sir Winston andijvie met kammosselen, paté, gemarineerde sardientjes en bietensalade met geitenkaas.

Ik herinner me dat M. stuntelig Frans sprak en veel fouten maakte, zonder zich overigens te verontschuldigen. Bij hem gingen obers nooit over op Engels, zoals ze bij mij soms wel deden, ook al was mijn Frans waarschijnlijk beter, in ieder geval correcter, als gevolg van mijn schoolse opleiding. Maar in M.'s aanwezigheid, vooral in M.'s aanwezigheid, sprak ik langzaam en koos ik elk woord heel zorgvuldig.

Toen ons eten arriveerde ('Breng alles maar tegelijk,' zei M. tegen Sir Winston, 'wij houden ervan om op mediterrane wijze te eten.') at M. het, bijna zonder mes en vork te gebruiken, met veel smaak op. Hij doopte zijn brood in mosterd en veegde wat op zijn bord lag – kaas, salade, vis en vlees – erbovenop. Zijn manier van doen als hij at was anders dan zijn bedachtzame, rustige manier van schrijven en ook anders dan zijn gereserveerde karakter. Vaak had ik het gevoel dat, als ik me maar goed genoeg concentreerde, ik hem duidelijk zou kunnen zien. En ik zou moeten zeggen dat ik met enige moeite mezelf duidelijk had kunnen zien.

Tijdens mijn vriendschap met M. begon ik me iets van mezelf te herinneren waar ik van wegkeek. Een woordloze, geluidloze kennis. Ik besefte dat ik er direct naar kon kijken en dat het een verrassende vorm zou hebben, lelijk noch beschamend.

Maar het was niet meer dan een glimp. Ik zei tegen mezelf dat ik het zou laten bovenkomen als de tijd rijp was. Maar dat is hetzelfde als die kennis op afstand houden.

# 32

Een aantal jaren na de dood van mijn vader, toen ik negen of tien was, kreeg ik een boek over elfjes van een vriend van mijn moeder uit Wales, Robert, een fotograaf met een zachte stem die elk jaar naar Istanbul kwam. Ik wilde vriendjes worden met Robert, snel en onomkeerbaar. Ik wilde hem opnemen in de lijst van mijn familieleden.

Dit boek was mijn kostbare bezit en bevatte foto's van bloemenelfjes in Engelse tuinen. Mijn vreugde om het boek, nog los van het feit dat Robert het me gegeven had, was simpel: de foto's waren het onmiskenbare bewijs van een existentie die aan onze beperkte blik ontsnapte. Steeds weer onderzocht ik ze, de kleine wezentjes wier frêle lijfjes van schemerlicht niet veel verschilden van de bloemblaadjes waar ze omheen zweefden. Mijn favoriete foto, waar ik zo vaak naar had gekeken dat het boek gehoorzaam op die plek openviel, was een zwart-witte van een elfenkind van min of meer mijn leeftijd met een witte rok aan. Op het moment dat de foto genomen werd, was ze met haar hoofd achter een gespikkeld vingerhoedskruidklokje gedoken. De foto maakte me duidelijk waarom ik deze verlegen en dartele wezentjes zelf nog nooit gezien had. Op de achtergrond liepen de huurders van het landgoed – een echtpaar met hoedjes op, lang en dun – over het tuinpad zonder het geringste vermoeden van de magie die zich in de verte ontvouwde.

Robert nam ook cadeautjes voor mijn moeder mee – een donkerpaarse sjaal, boeken, een vulpen. Op een keer gaf hij haar een blauwe kom met vogels erop geschilderd, wat ik het mooiste vond dat ik ooit had gezien. Maar ik had niet het idee dat mijn moeder deze geschenken evenzeer op prijs stelde als ik mijn elfjesboek. Vaak stopte ze ze in een doos en bracht die naar mijn grootmoeder in Aldere.

Ik was ooit bij Robert op schoot geklommen met mijn elfjesboek, toen hij me vroeg hem mijn lievelingsfoto's te laten zien. Mijn moeder kwam snel de kamer binnen, ging weer weg en even later hoorden we haar met veel misbaar in de keuken borden op elkaar stapelen. Ik wilde Robert vertellen dat mijn moeder niet altijd zo was, dat hij steeds haar momenten van licht en kleur miste, net zoals de ondeugende elfjes in de tuinen je zomaar zouden kunnen ontgaan. Robert had haar voor zover ik wist maar één keer in de groene jurk gezien en nooit met de ketting.

Oom Robert, noemde ik hem – Robert amca – en ik zorgde ervoor het vaak te zeggen, genietend van de vertrouwelijke band die ik met een enkel woord op kon roepen.

'Wanneer komt Robert amca?'

'Is Robert amca niet aardig?'

'Nejla, vertel Robert amca dit verhaal ook!'

Ik moet op de middelbare school hebben gezeten toen mijn moeder zei dat ik hem niet zo hoefde te noemen.

'Hij is je oom niet,' zei ze.

Ik herinner me dat mijn moeder voor veel openstond zonder

dat het leven echt tot haar doordrong, of het nu om Roberts cadeautjes ging, om haar vrienden of om de zorgen van haar tantes. Ze stopte het meeste weg, schreef het af en ging voorbij aan het feit dat ze anderen daarmee kon kwetsen.

Maar wat ik me nu herinner, is iets anders: er was een tijd dat ik haar begreep. Ik wist dat ze het gevoel had geen andere keus te hebben.

# 33

De symmetrische letter waarmee ik M. weergeef, met een saluut aan de keurige symmetrieën die aan fictie eigen zijn, is een verzinsel. Zijn naam zal bij iedere lezer een andere persoon oproepen. Natuurlijk is het niet al te moeilijk om de puzzel van M.'s identiteit op te lossen, maar ik geef nog steeds de voorkeur aan deze ene letter, terwijl ik, hoe kort ook, op een paar kenmerken van onze vriendschap inga, los van wat zijn naam bij anderen oproept.

Lange tijd zag ik schrijvers als mensen met een soort immuniteit, met het vermogen om gebeurtenissen precies zo vorm te geven als ze maar wilden. De schrijverstitel was mysterieus, mythisch zelfs; hij stond los van de wereld.

En van tijd tot tijd zag ik ook M. op deze manier. Zelfs wanneer hij me schreef, had ik het gevoel dat hij op twee plekken tegelijk was, dat hij dagelijkse gebeurtenissen tot een ander verhaal transformeerde en dat, welke weg onze vriendschap ook insloeg, zij onvermijdelijk zou worden wat M. wilde dat ze zou zijn.

Op een keer, toen M. me in een e-mail aansprak met 'de stille met haar gebogen hoofd', vroeg ik me meteen af of hij deze woorden aan het uitproberen was voor een van zijn romanfiguren. Een andere keer, toen we over de Pont de la Tournelle liepen en de kathedraal voor ons zagen opdoemen, een en al grandeur uitstralend, bleven we allebei staan en al wilde ik graag dat we het moment deelden, ik had het idee dat M. zich elders bevond, waar híj de alleenheerser was, waar alleen híj de last van de wereld op zijn schouders voelde. Maar om mezelf te onderscheiden van alle andere lezers die vast tegen hem opkeken, vertelde ik hem niet dat ik zijn romans gelezen had.

En er waren dingen die ik nooit vroeg, hoe merkwaardig onze gesprekken soms ook waren. Ik had graag geweten hoe hij ontbeet, wat zijn favoriete film of grap was, hoe hij als kind was geweest. Maar ik vond dat je dit soort dingen aan een schrijver niet vroeg.

Als ik tijdens een lange wandeling soms voelde dat we de stad door dezelfde ogen bekeken en ons gesprek moeiteloos en vloeiend verliep en dat de komende uren nog zou doen, keek M. soms op zijn horloge en zei: 'Het spijt me, maar ik moet weg.'

Deze uitspraak verbijsterde me iedere keer weer.

Het was op momenten als deze dat ik begon te denken dat onze vriendschap voor mij iets anders betekende dan voor M. Het was in ieder geval op momenten als deze dat ik besefte dat M. andere werelden had, werelden waarin hij zich net zo op zijn gemak voelde en waar hij graag naar terugkeerde.

# 34

In mijn eerste jaar aan de universiteit deelde ik een kamer met een meisje met krullen dat Molly heette. Ze kwam uit Manchester en alles ging haar gemakkelijk af. De beste manier waarop ik het kan omschrijven is dat ze zichzelf als geen ander kende; volledig en zonder ergens voor terug te deinzen, en ze had met geen enkel aspect van haar zelfkennis enige moeite.

's Avonds lag zij op bed, terwijl ik aan mijn bureau zat te leren of te schrijven, en bewoog ze haar benen door de lucht alsof ze aan het fietsen was.

Op sommige ochtenden zei ze: 'De lessen kunnen me gestolen worden vandaag, dus jij moet extra goed opletten, Nunu.'

Ze leverde commentaar op de manier waarop ik me kleedde en sprak, de manier waarop ik mijn kant van de kamer met papieren slingers en zwart-witfoto's had versierd. Haar opmerkingen klonken alsof ze mij ook zo goed kende, net als zichzelf, en niets verontrustends had opgemerkt. Het was verrassend mezelf door haar ogen te zien.

'Je bent zo creatief,' zei ze. 'Hoe komt het dat je zo creatief bent?'

Ik vertelde Molly dat ik dat van mijn moeder had, al zei ik er niet bij dat haar originaliteit andersoortig was.

Door Molly's vragen te beantwoorden, creëerde ik een parallel leven dat leek op iets uit een boek of een film. Ik zei tegen haar dat ik mijn vader nooit echt gekend had. Hij was gestorven toen ik klein was, zei ik, en ik kon me hem nauwelijks herinneren.

Ik zei tegen Molly dat mijn moeder me altijd als een volwassene behandeld had en dat ik in mijn jeugd dingen deed die voor andere kinderen ongewoon zouden zijn geweest. (Later vertelde ik Luke weer een heel ander verhaal.)

'Wat exotisch,' zei Molly.

Wanneer ze met haar ouders belde, vertelde ze hun alles wat ze die week gedaan had. Ze meldde of ze iets lekkers had gegeten en ze klaagde over haar opdrachten.

'Het spijt me jullie te moeten mededelen dat jullie dochter een idioot is,' zei ze.

Ik zat dan aan mijn bureau te studeren.

'Intussen kan mijn briljante kamergenote een essay schrijven met haar ogen dicht.'

Ik draaide me om en wuifde bij wijze van groet naar haar ouders.

'Ze doet jullie de groeten,' zei Molly. 'Ze zegt ook: "Ik ben zo somber en mysterieus, maar ik hou nu op met lezen en ga vanavond met Molly op stap."'

Na afloop van het eerste semester nodigden haar ouders me uit voor een bezoek aan Manchester.

'Ze willen mijn Turkse vriendin ontmoeten,' zei Molly. 'Doe me een lol en ga alsjeblieft, als-je-blieft mee.'

Ik sliep in Molly's bed en zij sliep op een matras op de vloer. 's Nachts vertelde ze me over alle dingen die ze wilde doen, zonder onderscheid te maken tussen de verre toekomst en plannen voor de daaropvolgende dag. Ik herinner me dat ze naar de Galápagoseilanden wilde en ze zei 'Galápagos', alsof alleen zij de betekenis ervan kende.

Molly's vader toerde ons door de stad en nam ons mee naar de haven waar Molly hem op speels jammerende toon om met honing geroosterde amandelen vroeg. We kregen elk een puntzak en Molly liep tussen mij en haar vader in en nam ons beiden bij de arm.

Op de laatste dag van mijn bezoek bood ik aan om te koken. Molly's moeder zei dat ze allemaal dol waren op Turks eten. Ik herinner me het gevoel dat het me gaf hun meningen in meervoudsvorm te horen, dat familiaire 'wij', zo eensgezind in hun smaak.

Ik belde de tantes voor een recept. Het was iets simpels – witte-bonenstoof met rijst – ik legde mijn gastfamilie uit dat dit 'typisch gezinseten' was, het soort gerecht dat we doordeweeks aten. Ik was me bewust van het beeld dat ze er misschien bij hadden, van een luidruchtige en drukke mediterrane familie rond een dampende ketel. Het soort familie waar verdriet minder verdrietig is, omdat het vergezeld gaat van vrolijkheid en overvloed, en zo bijna vermakelijk wordt. Naar een dergelijk fantasiebeeld verwijzend vertelde ik mijn gastfamilie dat mijn oudtantes flauw zouden vallen als ze de avondmaaltijd zouden zien die ik had klaargemaakt, immers weinig meer dan boerenstamp.

'Jouw familie is echt geweldig,' zei Molly.

'Wat heerlijk,' verzuchtte Molly's moeder, toen we gingen zitten.

Ze zei tegen me dat ik bij hen altijd welkom was. Ze herhaalde dat het heerlijk was me over de vloer te hebben.

Molly zei: 'Waarom hebben jullie me niet wat meer opgevoed als Nunu? Moet je zien hoe zij zich heeft ontpopt?'

In mijn hoofd herhaalde ik de volzinnen van Molly, of ze nu grappen maakte of vertelde over dingen die ze had meegemaakt, en wel op die zorgeloze manier van haar. Ik stelde me voor dat ik zo tegen mijn moeder zou praten wanneer ik in de zomervakantie terug naar huis ging. Ik was nooit vrolijk geweest in haar gezelschap en had haar nooit in verrukking gebracht zoals Molly dat kon. Ik herinner me dat ik dacht – ik was destijds een aantal maanden uit Istanbul weg en voor je het weet ben je het eigene van een relatie vergeten – dat ik terug zou gaan en gezinshoofd zou worden op deze nieuwe, vrolijke manier.

Vanaf de tijd dat we een kamer deelden tot de dood van mijn moeder wilde Molly mij in Istanbul komen opzoeken. Ik zei altijd dat we inderdaad eens iets moesten afspreken, dat dat leuk zou zijn. Maar elke keer als ik terugging, vond ik wel een excuus om haar visite uit te stellen. Misschien was ik bang dat Molly, als ze ten slotte mijn moeder zou ontmoeten, iets anders zou zien; dat ik door de mand zou vallen.

# 35

Op de dagen voorafgaand aan onze wandelingen schreef M. me niet, op een mailtje na om tijd en plaats te bevestigen waarop we elkaar zouden ontmoeten, opgesteld in andere bewoordingen dan we gewoonlijk gebruikten. Misschien wilde hij onze twee manieren van communiceren gescheiden houden of wachtte hij gewoon tot hij me persoonlijk sprak en gebruikte hij de tijd die hij op deze wijze bespaarde voor zijn eigen werk. Hij zinspeelde er nooit op dat hij geen tijd had om me te schrijven, noch dat hij het veel drukker had dan ik. Dat bleek overigens wel degelijk uit de dagen en uren die hij voor onze wandelingen voorstelde (nooit op dinsdag of donderdag, altijd aan het einde van de middag).

En misschien gaf ik wel de voorkeur aan onze schriftelijke vriendschap boven onze wandelingen, omdat op papier aan de gesprekken geen eind kwam, en vanwege de directheid ervan. 'Moet je horen...'

Maar ook al schreef ik liever met hem, ik gloeide helemaal wanneer we samen gingen wandelen.

Veel van het specifieke karakter van een relatie verdwijnt wanneer die in een verhaalvorm gegoten wordt – al die gevoelens die achter het gesproken woord schuilgaan. (Toen we pas van Moda naar het nieuwe appartement verhuisd waren, klom ik bij mijn moeder in bed op de middagen dat ze naar het plafond lag te staren. Na een tijdje tilde ik mijn hand op en legde die op haar schouder. Mijn moeder bewoog niet en zei ook niets. Ik stak mijn arm over haar borst tot ik haar tegenoverliggende schouder bereikte. Ik probeerde haar niet te belasten, haar niet te vermoeien. Mijn moeder hield zich stil, maar ik kon haar zwijgende erkentelijkheid bijna horen.

Maar soms, soms bewoog ze, de hele tijd naar het plafond kijkend, haar been naar me toe, waarbij haar knie de mijne maar net raakte.)

De periode waarin ik met M. bevriend was, bestond niet uitsluitend uit woorden. Ze bezat een eigenheid die in de loop der tijd zal verdwijnen, tenzij ik zo waarheidsgetrouw mogelijk vastleg wat ik me ervan herinner.

Er hing een kleine, gebarsten spiegel in mijn appartement, pal boven het aanrecht, en als ik het huis verliet voor een afspraak met M. keek ik er langdurig in. Sinds mijn aankomst in Parijs was mijn haar, dat mijn hele leven kort en jongensachtig was geweest, gegroeid tot net boven mijn schouders, zodat het nu mijn hele gezicht opslokte. Ik zag bleek, bedacht ik, en mijn ogen sprongen eruit door hun meedogenloze duisternis. Sommige mensen vinden dit een van mijn aantrekkelijke kanten. Luke noemde het raadselachtig. En hoewel ik er niet tegenin ging, zei het compliment, als dat het was, me niets. Ik had het idee dat het een manier was om iets anders te zeggen. Maar wanneer ik met M. had afgesproken om te gaan wandelen, voelde ik door dat vooruitzicht mijn trekken tot regelmatige proporties verzachten, ze werden aanvaardbaar, aangenaam zelfs.

En nog iets, hoe mooier ik mezelf voelde, hoe ouder M. werd. Ik voelde me stralend, zelfs wanneer ik mijn blik op de grond gericht hield. En terwijl ik straalde, werd M. ouder. Het woord dat nu bij me opkomt om hem te beschrijven is *stamelend*. Altijd, wanneer we elkaar op onze plek ontmoetten, had M. een uitdrukking van paniek op zijn gezicht, en ik dacht dat hij zou struikelen toen hij zijn hand uit zijn zak haalde en hem ophief om me te begroeten.

Vervolgens begonnen we aan onze wandeling en staarde ik verlegen en nerveus naar de grond, naast deze man lopend die elke keer opnieuw een vreemde leek, en ik voelde me desondanks mooi.

Maar meestal gebeurde er wel iets dat deze aarzeling wegnam. Zo kwam M. bijvoorbeeld met een mij onbekend weetje over Istanbul. Of hij haalde een bepaald detail aan uit een anekdote die ik hem gemaild had en zei dat ik het in mijn roman op moest nemen. Of hij keek alleen maar op zijn horloge en zei dat hij weg moest. Wat het ook was, ineens zag ik M. met zijn volledige naam, de naam van de auteur, en was hij niet langer de stamelende man naast wie ik vol vertrouwen liep.

# 36

Toen ik op de middelbare school zat, begonnen de tantes wekelijks in Saniye's appartement een soefi-bijeenkomst te houden. Dan kwamen buren bij elkaar om naar een oudere vrouw te luisteren die ze Sultan noemden, alsof, wanneer je haar met een andere, meer wereldse naam aan zou spreken, het afbreuk aan haar wijsheid zou doen. Ik zou gemakkelijker een glimp van Sultans wijsheid op hebben kunnen vangen wanneer ze gesluierd was geweest, een rozenkrans bij zich had gehad of zich had gedragen zoals de spiritueel gezegenden zich nu eenmaal gedroegen, met de ogen gesloten of heen en weer wiegend op haar stoel. In plaats daarvan droeg ze simpele blouses en broeken en drapeerde ze voor de bijeenkomsten losjes een katoenen doek om haar hoofd, verstoken van enig ritueel. Maar ze had een dikke bos zilvergrijs haar en heldergroene ogen en men zei dat ze in een droom de zegen van sjeik Abdülkadir Geylani uit Bagdad had ontvangen.

Ik vroeg de tantes op een keer wat er in Sultans droom gebeurd was en Asuman zei, zonder me verder meer duidelijkheid te verschaffen, dat Geylani Sultan zijn hand toegestoken had en niet alleen haar hart, maar ook haar ziel had geraakt. Zulke dromen, vertelde Asuman me, waren een brug tussen twee afzonderlijke werelden en brachten die op één pad bij elkaar, zodat de ziel vanaf dat moment op beide plaatsen tegelijk rond kon waren.

'Onze Sultan is heel speciaal,' voegde Saniye eraantoe. 'Ze kan je dingen uitleggen waar je moeder niet over kan praten.'

Maar de soefi-bijeenkomsten verschilden in feite niet veel van de theevisites van mijn grootmoeder voor de vrouwen van Aldere. De vrouwen uit de buurt bonden de strijd met elkaar aan om Sultan te trakteren op cake, koekjes, dolma's en kaaspasteitjes. In afwachting van haar komst ruilden ze recepten, ervoor wakend de belangrijkste ingrediënten van Sultans favoriete gerechten weg te geven.

De bijeenkomsten werden 'gesprekken' genoemd en ik had het idee dat deze benaming, net als Sultans droom, twee afzonderlijke werelden overbrugde en naar een gesprek met onzichtbare wezens verwees.

De gesprekken begonnen met het vertellen van dromen. Trouwe deelnemers wisten hoe ze die op de soefi-manier moesten interpreteren. Zelfs ik wist dat dromen over lichamelijke aanrakingen op overdracht van kennis duidden of dat water voor zuiverheid stond. Sommige deelnemers smokkelden veelzeggende symbolen van wijsheid hun dromen binnen – pauwen, duiven, rozen – om op die manier bij Sultan in de gunst te raken. Anderen waren er zo op belust hun dromen te lezen als een reeks aanwijzingen die de deuren naar verlichting kon openen, dat ze aan de gewoonste dingen een spirituele betekenis toeschreven. De roddelbladen, die ik, wanneer we bij de tantes op bezoek gingen, met belangstelling las, wemelden van dergelijke lijstjes en voorzagen in religieuze interpretaties van auto's, stoffen en dieren, maar ook van gewone huishoudelijke spullen als zeven, tafellakens of tandpasta. De betekenis van sommige van deze dingen lag voor de hand – auto's verwezen uiteraard naar reizen – maar andere waren dubbelzinniger, zoals tandpasta bijvoorbeeld, dat om de een of andere reden aangaf dat de dromer geen steun zou krijgen van degenen die het dichtst bij hem of haar stonden.

Sultan schudde echter altijd het hoofd bij deze al te precieze interpretaties en herinnerde de groep eraan dat dromen er niet voor de grap waren. Ze zei dat we ernaar moesten luisteren vanuit het diepst van ons hart, dat immers geen leugens kende.

Toen ze dit zei had ik het ongemakkelijke gevoel dat me iets ontging, iets dat ik alleen zou horen als ik maar eerlijk was tegenover mezelf. Als ik dapper was.

Mijn moeder bleef tijdens de bijeenkomsten niet lang in de kamer. Ze liep naar de keuken om thee te zetten of ging bij het raam zitten roken om naar het plein te kijken. Wanneer ze de kamer uitliep, voelde ik me schuldig dat ik met belangstelling zat te luisteren en even later volgde ik haar naar de keuken.

'Wat is er?' zei ze. 'Ik dacht je het naar je zin had.'

Ik haalde mijn schouders op, deed alsof ik me verveelde.

Vaak gingen we weg voordat de bijeenkomst afgelopen was en zwaaiden we vanuit de deur naar de tantes. Tot mijn grote verlegenheid onderbrak Sultan het gesprek dan en zei dat ze hoopte ons vaker te zien. Mijn moeder bedankte haar en zei iets toepasselijks in de trant van 'als God het wil', me met haar goede manieren verbazend.

Nadat we het pand verlaten hadden en het plein overstaken,

zei ze: 'Dat was wel weer genoeg onzin voor de rest van het jaar.'

Maar de week erop waren we opnieuw aanwezig bij de bijeenkomst: dan zat ik vooraan en na een tijdje stond mijn moeder op en ging naar de keuken.

Misschien wilde ze dat ik omringd werd door al die opgewekte vrouwen, die de onzichtbare wereld ontleedden en onbezorgd weer in elkaar zetten.

# 37

Maar dat is niet alles. Er waren dingen die mijn moeder zonder enig voorbehoud koesterde. Ze somde de acteurs en titels op van de westerns waar ze op zondag met Akif amca naar gekeken had. *The Lonesome Trail, The Far Country, Many Rivers to Cross*. Ze noemde die namen op dezelfde afwezige manier waarmee ze met haar blik in de verte sigaretten rookte, alsof ze in het wilde westen van deze verre landen rondstapte.

Die titels bezorgden me een glimp van een heldere en weidse wereld, met grenzen die netjes goed en kwaad van elkaar scheidden. De eenzame helden van de film – in *Stranger on Horseback, Buchanan Rides Alone* – beschikten slechts over innerlijke kracht om hun uitdagingen het hoofd te bieden.

Mijn moeder herinnerde zich Akif amca's favoriete film en acteur (*Man of the West* en Gary Cooper), alsook de scènes waar hij het meest van hield, wanneer de held zegevierend uit zijn beproevingen tevoorschijn kwam. Een of twee keer had mijn moeder toen ze de bioscoop verlieten bezwaar gemaakt tegen de onmogelijkheid van de plot van de film en het glorievolle einde. Maar Akif amca verzekerde haar dat het leven echt met dergelijke verrassende sprongen voorwaarts bewoog en dat wat zij in deze films gezien had inderdaad de manier was waarop het er in de wereld aan toeging.

Elke keer dat we samen naar een western keken, op de zaterdag- of zondagmiddagen dat we het appartement niet verlieten, herhaalde mijn moeder zijn woorden.

'Zo gaat het er in de wereld aan toe, Nunu. Dat zei Akif amca altijd.'

Ze geloofde dit vast zelf niet, maar ik denk dat ze wilde dat ik deze woorden ook hoorde, voor het geval ik er meer mee zou kunnen.

# 38

Overal om me heen ving ik echo's op van wat ik met M. besprak, in de boeken die ik las, tijdens de gesprekken die ik hoorde in Café du Coin, bij wat ik aan bezienswaardigheden tijdens mijn wandelingen zag, alsof de wereld tot een groot web van tekens en symbolen verknoopt was. Het was een beetje als verliefd zijn. Maar in die tijd zou ik dat niet zo gezegd hebben. Niet op die manier.

De toevalligheden waren meestal grappig maar onbeduidend, zoals die keer dat M. me schreef over zijn voorliefde voor duiven. Hij zei dat deze vogels, met hun fletse, stadse kleurtjes en hun kreupele pootjes, die in onverstoorbaar groten getale te midden van ons leefden, hem altijd melancholisch maakten. Toen ik die middag langs de visboeren op de rue Montorgueil naar Les Halles liep, vielen me alle duiven op die op het natte plaveisel onder de kramen rondzwierven. Ik meende dat M.'s medeleven met zulke alledaagse wezentjes de manier typeerde waarop hij naar de wereld keek, zoals bij onze eerste afspraak toen we samen naar de kale judasbomen gingen kijken in de Jardin du Luxembourg. Destijds had ik gemeend dat het waarschijnlijk gewoon een voorwendsel was om een eindje te gaan wandelen, maar later besefte ik dat M. oprecht was geweest. Hij voelde vertedering voor het aandoenlijke en ik vroeg me zorgelijk af of ik daar ook toe behoorde. Even nadat ik een zijstraat van rue Montorgueil in gelopen was, kwam ik langs een etalage van een boekhandel gespecialiseerd in natuurlijke historie – doorgaans vol met boeken over zeeschelpen, edelstenen en palmbomen – en zag dat die geheel gevuld was met prenten van duiven.

Andere toevalligheden waren vreemder, zoals de keer dat ik M. liet weten dat mijn moeder gek was geweest op westerns, omdat die haar deden denken aan Akif amca. Ik zei dat het landschap van mijn moeders jeugd in Aldere over een ander, weidser landschap heen gelegd was, een landschap dat ze nooit had gezien. Ik geloofde mijn eigen beschrijving niet helemaal, maar de heldere verwoording ervan beviel me. Ik zei ook dat, hoewel ik niet echt van deze films genoot, ik er veel met mijn moeder had gezien en somde, zeer tot M.'s verbazing, titels en acteurs op.

'Je zou dit verhaal op moeten schrijven,' zei M.

'Welk?'

'Het verhaal van een jong meisje in een dorp in Thracië dat het leven via cowboys leert kennen.'

Kort daarna liepen we langs een bioscoop met een poster van een western bij de ingang. Terwijl we het toeval toelachten, merkten we op dat de achternamen van de twee belangrijkste acteurs samen M.'s naam vormden.

'Dit betekent volgens mij dat ik het verhaal zelf moet schrijven,' zei M.

Al die toevalligheden verbaasden me, ook al wist ik dat het noch om wonderen noch om openbaringen ging, maar dat het eerder het resultaat was van weloverwogen de wereld aanschouwen, uitkijken naar verbanden.

M. behandelde dit soort momenten niet anders dan dat we in harmonie waren met onze omgeving. Hij vertelde me ooit dat in harmonie zijn met de onzichtbare draden die ons door tijd en ruimte verbinden een staat was die hij gewoonlijk alleen bereikte wanneer hij volledig opging in het schrijven.

'Je klinkt als een kristalkijker,' zei ik.

'Ik was al van plan je op te biechten...' zei M.

We zaten op een bankje bij de Place Dauphine. We hadden de hele dag niet gegeten en het was al te laat om naar onze bistro te gaan. M. was die avond uitgenodigd voor een speciale gelegenheid, een bijeenkomst van alle oude gekken van Parijs, zo zei hij.

Hij vond het leuk om woorden als 'oude gek' te gebruiken en hij gebruikte ze vaak, met betrekking tot zichzelf en anderen, maar ik weet niet waarom hij meende dat iedereen zo gek was.

'Er zijn zoveel oude gekken,' zei hij. 'Ze blijven hun dwaze oude dingen doen en ze worden met de dag blinder.'

Maar het komt nu bij me op dat hij dit niet zozeer zei om zichzelf naar beneden te halen, maar eerder uit mededogen, om zijn vele bezigheden, zijn royale kennissenkring wat te bagatelliseren, aangezien hij geweten moet hebben dat ik behalve hem verder niemand in de stad kende.

Ik haalde een appel uit mijn tas en nam er een hap uit, veegde het sap af dat langs mijn kin druppelde. Ik merkte dat M. naar me keek en glimlachte.

De avond was plotseling gevallen en M. stak zijn handen

diep in zijn zakken, zoals hij vaker deed wanneer hij aanstalten maakte om te vertrekken. Vervolgens stond hij op, haalde een hand uit zijn zak en in plaats van ermee te wuiven zoals meestal stak hij mij die nu toe, alsof hij me iets overhandigde dat hij tussen duim en wijsvinger beethad.

'Ik ga de stad doorkruisen en onze onzichtbare draad afwikkelen,' zei hij. 'Houd het andere eind stevig vast.'

Sindsdien heb ik me afgevraagd wat voor onzichtbare verbinding hij maakte, toen hij wegliep en mij m'n appel liet eten.

# 39

Aan de universiteit volgde ik de colleges over soefisme van een Engelse professor die in Bulgarije een tijdje met een soefi-groep had doorgebracht. Ik volgde meer van dit soort colleges over onderwerpen waar ik vertrouwd mee was – de geschiedenis van het Ottomaanse rijk, de politiek van het Midden-Oosten. Eerst schreef ik me ervoor in omdat ik meende dat ik er gemakkelijk een goed cijfer voor zou halen en omdat ze verlichting zouden bieden bij moeilijker onderwerpen, wat juist bleek. Maar het werd me algauw duidelijk dat alles wat ik gedurende deze colleges zei een extra lading kreeg, alsof ik een gastdocent was. Mijn klasgenoten keken mijn kant op bij lastige discussies, docenten vroegen me om anekdotes. Uiteindelijk werkte ik voor deze colleges nog het hardst, om het beeld overeind te houden dat ik een expert was. En met deze onverwachte aandacht begon ik iets te voelen dat op verontwaardiging leek, zelfvoldaanheid; alsof ik claimde wat al die tijd mijn recht was geweest.

Op de eerste dag van de soefisme-collegereeks kondigde ik tijdens het voorstelrondje aan dat ik deel uitmaakte van de soefi-orde van Abdülkadir Geylani in Istanbul. Ik was verbaasd over het gemak waarmee ik dit kon zeggen, me bewust van mijn overdrijving en hoe exotisch het klonk.

Steeds wanneer ik de docent op de campus zag, was hij een en al lach en kwam hij naar me toe om een praatje met me te maken. Hij nodigde me zelfs uit voor een etentje bij hem thuis tijdens een kerstvakantie toen ik niet terugging naar Istanbul. Hij stelde me aan zijn vrouw voor als een student van Geylani.

Hun huis was bezaaid met tapijten en Perzische miniaturen. Zijn vrouw liet me de blauwe keramiek zien die ze her en der in Turkije hadden gekocht. Ik herinner me dat ze iets gekookt had dat vreemd leek – een tajine misschien, met gedroogd fruit, wat ik destijds ongebruikelijk vond. En ik herinner me dat ze thee bij het eten serveerden. Volgens mij wilden ze mij met mijn soefi-opvoeding niet schofferen door alcohol te schenken.

Aan het einde van mijn tweede jaar vroeg de docent me of ik hem wilde helpen met zijn onderzoek, waarop ik meteen ja zei, mijn plannen voor een bezoek aan mijn moeder opschortend. Ik vond het leuk om die andere persoon te zijn, ver van Istanbul, omgeven door mensen die me exotisch vonden, die ik met verzonnen versies van mezelf had leren betoveren.

Ik liet mijn moeder aan de telefoon weten dat ik zou werken tijdens de vakantie. Mijn moeder drong niet aan en ik maakte mezelf wijs dat ze het niet erg vond. Ik vertelde Molly altijd verhalen over mijn onafhankelijke moeder, hoe gehecht ze was aan haar werk, aan haar dagelijkse gewoontes.

'Ze gaat waarschijnlijk helemaal op in haar lectuur,' zei ik, met een wazig beeld in mijn hoofd van een excentrieke vrouw die altijd met haar neus in de boeken zat.

'Bof jij even,' zei Molly. 'Als mijn ouders twee dagen niets van me hoorden, zouden ze de politie bellen of zo.'

Tijdens mijn afwezigheid had mijn moeder de muren van

mijn kamer geschilderd en nieuwe boekenplanken opgehangen. Ze vroeg me aan de telefoon wat voor kleur hout ik het mooist vond; of ik een nieuw bureau wilde.

Toen ik de daaropvolgende vakantie naar Istanbul ging, bracht ik het merendeel van mijn tijd buiten het appartement door. Ik had afgesproken met mijn vriendinnen van de middelbare school, Selin, Ezgi, Defne, die eveneens voor de vakantie uit het buitenland over waren. We wilden onze levens graag met elkaar vergelijken, onze nieuwe ideeën en interesses met elkaar delen. We gingen op verkenningstochten door de oude stad en bekeken die voor de eerste keer met eenzelfde belangstelling als ons ten deel was gevallen op onze universiteiten in het buitenland. We gingen naar de Grand Bazaar om toeristische prullen te kopen om mee terug te nemen – boze-oogkraaltjes, kommen van keramiek, backgammonspellen. We waren compleet in de ban van de mogelijkheden van onze nieuwe identiteit, de manier waarop we die precies zo vorm konden geven als we maar wilden.

Tijdens mijn verblijf bezocht ik de tantes en ging ik zelfs naar de bijeenkomsten van Sultan, al waren mijn moeder en ik er sinds mijn middelbareschooltijd niet meer heen geweest. Ik bleef achter, om Sultan vragen te stellen over de geschiedenis van de orde en hoe je je als discipel diende te gedragen, in de hoop met nieuwe informatie naar de universiteit terug te keren. Sultan was toen heel oud en herinnerde zich niet veel. Ze sprak langzaam, herhaalde zichzelf tijdens het gesprek, kwam steeds op hetzelfde terug. Haar antwoorden waren vaag. Ze zei dat de bijzonderheden er niet zo toe deden, dat alleen de bereidheid om het pad te volgen van belang was. Ze had het veel liever over haar jeugd in Kanlıca, haar reizen naar Europa, het huis van haar ouders aan de Zwarte-Zeekust.

Soms bracht ik de nacht door bij de tantes en dat vonden ze heerlijk.

'Nunu blijft bij ons logeren, want ze moet gevoerd worden!' lieten ze mijn moeder aan de telefoon weten. 'De tantes gaan een feestmaal voor dit arme lammetje bereiden.'

Wanneer ik thuiskwam liep ik meteen door naar mijn kamer. Ik dwaalde alleen door het appartement als mijn moeder in haar slaapkamer was. Ik verliet het huis weer 's ochtends vroeg, vanuit de deuropening roepend dat ik weg was, mijn moeder nauwelijks genoeg tijd gunnend om het halletje te bereiken voor ik de deur sloot.

'Vind je het leuk om vis te gaan eten in Yeniköy?' vroeg ze me gehaast. 'Zullen we morgen lekker lang gaan ontbijten?'

Ik zei tegen haar dat ik met vrienden op stap zou zijn. Soms haalde ik alleen mijn schouders op.

Het was niet mijn bedoeling geweest me zo te gedragen, maar toen ik me er eenmaal aan overgaf, had ik het gevoel dat de stilte geen einde kende. Dit was anders dan de stilte uit mijn jeugd. Het werd groter en groter – dat gemene in mezelf dat nieuw voor me was.

# 40

We ontmoetten elkaar op onze vaste plek – de uitgang van metrohalte Luxembourg – waarop M. steevast vroeg of ik een bepaalde bestemming op het oog had. Over het algemeen zei ik nee en dan begonnen we de kant op te lopen die we toevallig opkeken. M. vond de regen of de kou nooit erg en had altijd hetzelfde donkergroene jasje aan, dat zich aan elk weertype leek aan te passen. We liepen vaak het park in, volgden de omtrek ervan, slenterden over de paden, langs de bijenkorven bij Vavin, de muren van de Senaat, de fontein, de kring van marmeren koninginnen, wier cryptische en subtiele gezichtsuitdrukkingen we bij verscheidene gelegenheden bediscussieerden. Het was lastig te zeggen of ze nu tevreden waren of dat ze leden. ('Soms,' schreef M. me, 'kan ik als ik aan het schrijven ben nauwelijks mijn verdriet van mijn vreugde onderscheiden.' Ik zag meteen in dat die opmerking klopte.)

Als ik aan de vroege kant was, liep ik het park in, in de wetenschap dat ik M. daar op een stoeltje bij de fontein aan zou treffen. Hij zag me niet. Hij zat over zijn aantekenboekje gebogen en ik fantaseerde dat hij mij aan het schrijven was, ook al mailden we elkaar alleen.

Hem daar zo van een afstandje te zien deed vertrouwd aan.

Zijn groene jasje, zijn lange, over elkaar geslagen benen, zijn bedachtzame frons. Hij zag eruit als een oude man en ook als een jongetje, en zo naar hem kijkend had ik het gevoel dat ik me op alle facetten van zijn persoonlijkheid kon richten. Na een tijdje draaide ik me om en wandelde ik naar onze plek bij de metro om daar te wachten: even later verscheen hij aan de overkant van de straat en haalde zijn hand uit zijn zak om me te groeten.

Op sommige dagen liepen we over de rue de Seine of de rue Bonaparte naar de rivier. We kwamen langs drukke cafés, galerieën, kaartenwinkels en patisserieën met hun fantastische uitstallingen, die allemaal, daar waren we het over eens, mooier waren van een afstandje, zonder dat we er al te lang bij stil bleven staan. Op die manier werd het gevoel van een wijk vol mogelijkheden geen geweld aangedaan. Voordat we uit de beschutte wereld van Saint-Germain kwamen, wees M. naar de Alpine-boekhandel die hij bewonderde om hun zo bijzondere aanbod. Hij gaf toe dat hij er nooit binnen was geweest omdat zijn interesse daar niet per se lag, maar hij zei blij te zijn dat zo'n winkel bestond. In zijn liefde voor deze bijzondere plekken was hij als een antropoloog of een accountant. Ik kon niet precies uitmaken welke van de twee, omdat ik er nooit zeker van was wat er onder M.'s fascinaties schuilging. Soms stelde ik me voor dat die een teken waren van droefheid, een wens om te zorgen dat dingen die op het punt stonden te verdwijnen bewaard bleven. Andere keren meende ik dat het slechts om verzamelwoede ging.

'Hier is het,' zei M., elke keer dat we langs de boekhandel kwamen. 'Ik ben zo blij dat iemand een plek als deze bedacht heeft.'

Hij zei het elke keer op dezelfde manier, alsof hij de vreugde steeds opnieuw beleefde. Toen merkte hij op een middag op: 'Je zegt nooit tegen me dat ik je dit al verteld heb. Je bent zo aardig voor deze oude gek.'

'Ik weet dat je de winkel leuk vindt,' zei ik.

Ik wist ook dat mensen niet snel veranderen en zeker niet door een enkele opmerking.

Toen we bij de rivier aankwamen, liepen we de trap naar het water af en volgden de rij populieren helemaal tot aan de gevleugelde paarden van de Pont Alexandre III, toen weer terug omhoog tot voorbij de plek waar we de trap afgegaan waren. Vaak liepen we naar de bloemenmarkt op Île de la Cité en wandelden verschillende keren over de twee korte rechte stukken ervan, puur voor het genoegen dat palmen, camelia's en olijven in potten ons gaven. Wanneer we het eiland verlieten, gingen we in de richting van Châtelet, zodat we langs de blauw-en-gouden klok met sterren boven op de Conciergerie kwamen en een van ons zou dan steevast iets zeggen over 'De uitvinding van middernacht'.

M. vond deze herhaalde wandelingen niet erg, zoals een kind het maar niet moe wordt een geliefd verhaal te horen. Het verbaasde me dat we altijd door de allermooiste, overbekende delen van de stad liepen. Als ík onze wandelingen richting gegeven had, zou ik die waarschijnlijk bewaard hebben voor bijzondere gelegenheden, zoals je dat met je trouwservies en zijden jurken doet. Maar M. was niet zuinig als het om schoonheid ging; hij beleefde die ten volle en onafgebroken en liet anderen er op gelijke wijze in delen.

We gingen musea binnen alsof we steegjes in schoten. Die

bezoekjes waren nooit gepland en we liepen door de geëxposeerde collecties als betrof het straten in de stad, zonder ooit echt ergens voor stil te blijven staan, alleen wanneer iets onze speciale aandacht trok. M. was aandachtiger in kleine, gemeentelijke musea dan in de grote, met al die bezoekers. Hij keek doorgaans even snel rond, soms onder het uiten van waarderende of verraste geluidjes.

'Moet je zien,' zei hij af en toe. Daarna, zonder op mijn reactie te wachten, liep hij door en ging verder met waar we in ons gesprek gebleven waren.

Vandaag de dag verbaast het me zelfs nog meer dat M. en ik onszelf met schoonheid konden omringen zonder er veel aandacht aan te schenken. Ik heb het gevoel dat we voortdurend regels aan het overtreden waren, de juiste manier om iets te doen trotseerden. Misschien zeg ik dit alleen omdat het leven hier in Istanbul een luxe als deze nu zozeer ontbeert.

# 41

Zelfs wanneer ons de moed ontbreekt om de krant te lezen, we te bezorgd zijn om alle mogelijkheden te overwegen en we de tel zijn kwijtgeraakt van alles wat verdwenen is, blijven we het hebben over het Taksimplein. Dat is het cliché van de tijden die veranderen. Of misschien is het een symbool.

Het plein is tegenwoordig onherkenbaar, dat klopt. Je hebt van die oude zwart-witfoto's van de tram die 's winters door İstiklal rijdt, onscherp door de sneeuw, van de kastanje-verkopers die voor zich uit staren. Deze foto's duiken van tijd tot tijd op in woedende kranten, alsof ze zout in onze wonden willen strooien.

Sommigen protesteren nog steeds om te redden wat er te redden valt. Maar het is gemakkelijker om zonder strijd op te geven. Om te zeggen: 'Oké, neem dit dan ook maar en doe ermee wat je wil. Neem het allemaal maar, wis alles maar uit.' In de hoop dat we verder met rust gelaten zullen worden, ook al is het op een klein stukje land.

Maar het valt niet te ontkennen dat het een schok is om het plein te zien – om İstiklal op te lopen en bij Taksim uit te komen, dat zich als een woestijn voor je uitstrekt. En de massa die daar nu bijeenkomt, al die mensen zonder duidelijke komaf. Ze vinden troost in dit naamloze oord, in de vormeloze uitgestrektheid ervan. De wezen van de stad.

# 42

Toen ik vanuit Engeland naar Istanbul terugkeerde om voor mijn moeder te zorgen, deden we net alsof ik voor vakantie was overgekomen en of ik, zodra het wat beter zou gaan, naar Parijs zou vertrekken om er met mijn literatuurcolleges te beginnen. We hadden het niet over de afgelopen jaren, hoe lang het geleden was dat ik voor het laatst thuis was geweest.

Ik hoorde haar aan de telefoon praten met mensen die ik nooit ontmoet had. Tijdens mijn afwezigheid had ze vrienden gemaakt. Later kwamen deze vrienden langs met eten, met bloemen.

'Nunu is op bezoek,' zei mijn moeder aan de telefoon tegen hen. 'We zijn eindelijk herenigd, terug in het nest.'

Ze luisterde nieuwsgierig naar hun verhalen, haar gezicht een mengeling van bezorgdheid en verbazing. Ze noemde deze vrienden 'lieverd' en 'schat'. Ik wist niet wanneer ze was gaan lijken op de moeders van meisjes waar ik vroeger mee omging.

'Nu je hier toch bent, kun je je tijd maar beter goed gebruiken,' zei ze tegen me. 'Er zijn zoveel nieuwe plekken in de stad.'

We gingen nog altijd voorzichtig met elkaar om.

Ik verliet het huis iedere dag eventjes, deze keer niet om haar buiten te sluiten, zoals tijdens eerdere visites, maar om haar een plezier te doen en haar het gevoel te geven dat ze niet zo ziek was als ze in werkelijkheid was. Bovendien kon ik in die tijd niet veel meer voor haar doen dan het huis op orde houden en toezien hoe ze leed.

's Ochtends wandelde ik naar de supermarkt om inkopen te doen voor de lunch of gewoon wat door de gangpaden te dwalen en daarna ging ik op een bankje in het park zitten lezen en wachtte tot er voldoende tijd verstreken was voor ik weer naar huis terugliep.

Ik zei tegen mijn moeder, een of twee keer, dat ik mijn vriendinnen, Selin, Ezgi en Defne gesproken had en vertelde haar wat ze hadden meegemaakt. In werkelijkheid had ik er niet langer behoefte aan deze vriendinnen te zien, ze waren teruggekeerd na hun studie in het buitenland en hadden zich doelbewust in Istanbul gevestigd. Twee van hen waren verloofd. Ze streefden interessante en ambitieuze carrières na. Ik stelde me zo voor dat ze me zouden vragen wat voor nieuws ik had. En ik had geen nieuws.

Mijn moeder was altijd een en al oor wanneer ik het over mijn vrienden had, en ook dat verbaasde me. Toen ik op de middelbare school zat, wist ze weinig over deze meisjes en onze ongecompliceerde vriendschappen, die ontstonden tijdens incidentele uitstapjes in de omgeving van de stad en door na school met hen mee naar hun huis te gaan, ook al nodigde ik hen nooit bij ons uit. De enkele keren dat ik bleef slapen, maakten de moeders pasteitjes klaar en taartjes, of ze lieten ons pizza bestellen. Ze bleven een tijdje bij ons zitten en lieten ons met rust wanneer we al te melig werden. 's Avonds kwamen ze naar de slaapkamer om te zeggen dat we moesten gaan slapen. Wij zaten dan op de vloer naar muziek te luisteren of in tijdschriften te bladeren.

Op een keer kwam Selins moeder binnen en begon op de maat van de muziek met haar vingers te knippen.

'Mama, wat doe je?' vroeg Selin. En daarna zei ze, terwijl ze opstond om haar een knuffel te geven: 'Ze doet zo haar best om cool te zijn.'

Toen ik geslaagd was voor mijn eindexamen drongen mijn tantes erop aan dat mijn moeder een lunch voor mijn vrienden zou geven.

'Zou Nunu al dat gedoe wel leuk vinden?' vroeg mijn moeder, en ik zei van niet. Ik vond het een ongemakkelijk idee dat mijn vriendinnen getuige zouden zijn van mijn leven thuis. De tantes organiseerden de lunch ten slotte zelf en nodigden veel van mijn klasgenoten uit. In die tijd was het hip om elkaar in Tophane te treffen en er waterpijp te roken of naar de vismarkt in Kadıköy te gaan voor friet en bier. Mijn klasgenoten vonden het ongetwijfeld vreemd om in het huis van een oudtante bij elkaar te komen, met de kanten tafelkleden en de kristallen glazen waaruit we Fanta dronken. Maar dat kon me niet schelen. Ik genoot zelfs van mijn ouderwetse alledaagsheid.

Na de lunch ging ik naar huis om mijn moeder te vertellen, de moeite die de tantes zich getroost hadden sterk overdrijvend, dat dit zonder meer het aardigste was dat iemand ooit voor me had gedaan.

Ik wist hoe ik haar moest kwetsen. Zo slinks dat je er nauwelijks je vinger op kon leggen.

'Ik had er geen idee van dat je zoiets leuk zou vinden,' zei mijn moeder. 'Ik dacht dat je liever met je vrienden alleen was.'

# 43

Toen ik uit Parijs terugkeerde naar Istanbul, dat wil zeggen, er voorgoed naar terugkeerde, waren de anderen al bezig te vertrekken. Ik had met een aantal vrienden van de middelbare school contact gehouden en die vertelden me dat ze hoe dan ook naar het buitenland zouden verhuizen, in ieder geval naarstig op zoek waren naar een manier om dat te doen.

'We gaan er vandoor,' zeiden ze. 'Hier kan een mens niet wonen.'

Het deed me pijn hen zo over de stad te horen praten.

Ons Istanbul was een ongewenste plek geworden.

Ze waren getrouwd, sommigen hadden kinderen; ze zagen hun carrière in het nieuwe politieke klimaat alle kanten op vliegen. Het stemde hen droevig dat het zover gekomen was, maar ze moesten aan hun toekomst denken. In Istanbul, zeiden ze, wist je nooit wat er nu weer stond te gebeuren.

En het viel niet te ontkennen dat het klopte wat ze zeiden.

# 44

Nog iets dat M. me schreef. Ik las het keer op keer: 'Volgens mij word ik je verhalen nooit moe.'

Ik schreef hem terug om te zeggen dat dit me als een gemakkelijke uitdaging in de oren klonk.

(Voor alle duidelijkheid: zijn woorden maakten me blij. Maar ik besef nu dat ik de neiging had momenten als deze achteloos weg te wuiven, niet aan mijn blijdschap toe te geven.)

'Geen uitdaging,' zei M. 'Gewoon een oprechte observatie.'

In mijn aantekenboek had ik een lijst gemaakt van dingen die ik hem later wilde vertellen. Het winkelmeisje dat haar oorlelletje aanraakte om aan haar gouden oorring te voelen; de geur van de metro die uit de stoeproosters opsteeg; de oude vrouw in Café du Coin die elke middag haar toetje opat en daarbij haar vrije hand beschermend boven het bord hield, alsof iemand het van haar af zou pakken.

Ik maakte lijstjes van gerechten, films, bomen, zoals ik dat geleerd had uit M.'s romans, en ik deelde ze hem mee op de gereserveerde manier van zijn vertellers. Op die manier kregen de mensen in mijn verhalen – mijn moeder, de tantes, ikzelf als kind – een geheel eigen leven, waarin ze een heel ander pad bewandelden dan hun aardse tweelingzussen. En M. vond het iedere keer weer prachtig.

Maar ik was me al af gaan vragen hoe lang je een vriendschap met eindeloze ongerijmdheden in stand kon houden en hoe lang M. het leuk zou vinden om de verhalen die ik in zijn stijl schreef te lezen.

Een paar keren ontmoetten we elkaar vlak bij Gare du Nord en ik liet hem wat plekken in mijn buurt zien – de Marché Saint-Quentin, het met klimop overgroeide plein achter de boulevard de Magenta – hem als het ware bij de hand nemend. Ik nam M. mee naar een Turks restaurant bij de Porte Saint-Denis en bestelde in het Turks.

'Het is zo leuk om je te horen praten,' zei M.

Tijdens een andere wandeling zorgde ik ervoor dat we zogenaamd bij toeval bij Café du Coin uitkwamen. Ik zei niet tegen M. dat ik erboven woonde.

'Ik kom hier soms omdat het een leuke en rustige plek is,' zei ik.

M. merkte op dat ik de straten op mijn duimpje kende.

Ik deed vertrouwelijk met de jonge ober, die breed glimlachend meedeed. Toen we bestelden, knipoogde hij en hij vroeg of 'mademoiselle' warme chocolademelk bij haar maaltijd wilde.

Bij ieder contact met mannen van mijn leeftijd leek M. anders. Bedroefder veronderstel ik. Of zich op een bepaalde manier verontschuldigend. Dat maakte dat ik nog meer op hem gesteld raakte.

Maar van tijd tot tijd zei hij iets dat de onuitgesproken regels van onze vriendschap verbrak, en dan was de verlegenheid die ik zo leuk aan hem vond plots verdwenen.

'Mijn vrouw hield net als jij van rosé,' zei hij op een middag toen we zaten te lunchen in onze bistro. 'En de verleidelijke kleur van de wijn paste goed bij haar.'

Een andere keer, nadat ik de straat overgestoken was en we elkaar op onze gebruikelijke manier hadden begroet, zei hij zonder een spoor van zijn bekende, aarzelende toon, dat ik er prachtig uitzag.

'Dat is natuurlijk voor jou geen nieuws,' voegde hij eraan toe, 'je ziet er altijd prachtig uit.'

Maar die momenten kwamen zelden voor.

Op een middag, toen we voor de Notre-Dame langs naar de bloemenmarkt liepen, voerde M. ons bij het plein vandaan tot helemaal naar de andere kant van de kathedraal en bleef er van een afstandje naar staan kijken. Er school zo'n harmonie in het ontwerp, zei hij. De ambachtslieden waren nooit het spoor bijster geraakt van waar ze mee bezig waren. Hij wees, van links naar rechts, naar de profeten, de koningen, de apostelen, het leven van de Maagd.

Tot dan toe had ik de voorgevel van de Notre-Dame alleen van dichtbij gezien en naar de honderden stenen gezichten gekeken, die bij elkaar een nogal ordeloze en rommelige indruk maakten. Ik ging de volgende dag terug en bekeek de voorgevel heel nauwgezet. De eerstvolgende keer dat we voor de kathedraal langsliepen, wees ik op een plukje bladeren, de krachtige handen van St. Anna, het marmeren boek met de blanco bladzijden, een krans van eikels.

'De wereld heeft in jouw voetsporen,' schreef M. die avond,

alle dingen opsommend die ik hem had laten zien, 'een rijker kleurpalet.' Maar ik zei hem toen niet, noch bij een andere gelegenheid, dat hij het was die míj een nieuwe manier had geleerd om naar de wereld te kijken.

Het kon vermoeiend zijn om deze werelden voor M. op te roepen, voor slechts een enkel moment van bevrediging. Ik was steeds bezig dingen te verzamelen om aan hem te laten zien, ik las over historische bijzonderheden, leerde dichtregels uit mijn hoofd of verdiepte me in de ongewone details van een gebouw of brug, en maakte me zelfs technische wapenfeiten eigen, waar ik dan terloops melding van maakte in het gesprek. En elke keer dat M. zijn bewondering uitsprak over mijn rijkdom aan kennis en mijn vermogen om dergelijke minieme details op te merken, wuifde ik zijn woorden weg als om te zeggen dat die dingen al die aandacht niet waard waren. Dit kan mijn vergelding zijn geweest voor al die keren dat M. op zijn horloge keek en me liet weten dat hij weg moest. Ik wilde hem laten zien dat ook ik plaatsen had waar ik heen moest, dat ook ik wel eens ergens kwam.

# 45

'We maken ons vooral zorgen om jou,' zeggen de tantes. Ze zeggen het elke zondag wanneer ik ze meeneem naar het plein om thee te drinken. 'De stad is gek geworden.'

Maar ze maken zich ook zorgen om zichzelf.

'Kijk maar naar Kanlıca. Dat was vroeger een moderne wijk.'

Ze zeggen tegen me dat ze zich vreemden in eigen huis voelen en dat ze er ongetwijfeld binnenkort uitgezet zullen worden. Ze hebben geen idee waar al die mensen vandaan zijn gekomen, zo onwetend en boos, zo zonder enig respect voor een ander.

'Niet op ons gemak in ons eigen huis,' zeggen ze. 'Het lijkt wel een plaag.'

Elke keer vindt hetzelfde gesprek plaats. Misschien hebben ze dit nodig om hun angsten te verlichten. Iedereen, zo lijkt het, heeft tegenwoordig een verhaal te vertellen. Ook al verschillen de verhalen, ze zijn allemaal even angstwekkend.

# 46

Dat jaar in Parijs waren delen van de kades van de rechteroever, vanaf het Hôtel de Ville naar het zuiden, afgesloten voor verkeer. Het leek er toen op dat ik nooit in de gelegenheid zou zijn het echte Parijs te zien. Alles was in aanbouw of werd gerenoveerd. Een koepel, een kerk, een plein of een fontein ging steevast achter steigers schuil. Als ik hieraan terugdenk, lijkt het allemaal zo onschuldig, nu onze hele stad overhoop ligt om opnieuw opgebouwd te worden.

Het was niet veel mensen opgevallen dat de kades afgesloten waren voor verkeer, of ze veranderden simpelweg hun gewoontes niet, want dit gedeelte bleef grotendeels leeg. M. en ik gingen erheen om op een stenen bank te gaan zitten en naar het water te kijken dat aan het einde van de lente veel te hoog stond. Elke keer haalde M. iets te eten voor ons uit zijn tas.

'Ik denk dat ik iets lekkers heb,' zei hij, alsof het hem net te binnen schoot, ook al wist ik dat hij het speciaal voor onze wandeling meegenomen moest hebben.

Hij haalde pasteitjes met kaas en tijm tevoorschijn, van een Libanese verkoper bij hem in de buurt, en een fles vruchtensap. Soms nam ik fruit mee of een zak noten en we spreidden het eten tussen ons uit op de bank.

We noemden dit onze 'middernachtpicknicks', met een verwijzing naar Akif amca's gedicht, maar zonder duidelijke reden, omdat we er alleen overdag heen gingen.

Tijdens zo'n picknick vertelde M. me over een oom die in Amerika woonde en in M.'s jonge jaren een held voor hem was, niet in het minst vanwege de cadeautjes die hij bij elk bezoek meenam. Het was dezelfde oom die M. zijn eerste typemachine had gegeven en hem had aangemoedigd om te gaan schrijven. Het was een Remington, herinnerde M. zich, waarvan de -n een brommend geluid maakte. (Soms had ik het gevoel dat hij door middel van onze gesprekken zijn geheugen testte. Ik zou het toch niet merken als hij ernaast zat en zo kon hij doorgaan met het bijkleuren van vervaagde stukjes en kleinigheden verzinnen voor dat wat hem ontschoten was.)

Op de laatste dag van zijn bezoek nam de oom M. apart en gaf hem wat destijds een bijzonder genereuze som geld was. Hij vertelde M. dat hij ermee moest doen wat hij wilde, zonder het zijn ouders te vertellen. Bij een van die gelegenheden, toen de oom terug was naar Amerika, ging M. naar de patisserie in het centrum en bestelde tien saucijzenbroodjes. Hij had ze nooit op kunnen krijgen en misschien wist hij dat ook wel toen hij ze bestelde. Hij vermoedde bovendien dat, ook al had zijn oom hem gezegd dat hij ermee mocht doen wat hij wilde, M.'s keuze hem desondanks verrast zou hebben. Maar dit was een van de mooiste momenten uit zijn jeugd, zei M. Het ging niet om het plezier van het eten, vertelde hij me met de picknick tussen ons in uitgespreid op de bank, maar om de vrijheid om te doen wat hij wilde. Misschien was dat ook wel de reden dat hij schreef, voegde hij eraan toe.

Maar het merendeel van de tijd zaten we zwijgend naar het water te staren. Soms keek ik even naar M., en dan knikte hij met zijn hoofd alsof hij ergens mee instemde. Ik had geen idee of dit gebaar betekende: 'Zie je wel? Zie je wel?' of dat hij tegen me zei: 'Ik weet het, ik weet het.'

# 47

Voordat ze naar school begon te gaan, pakte mijn moeder een schooltas in en ging naar Akif amca. Hij liet haar de namen van al haar familieleden spellen. Mijn moeder zat aan tafel zorgvuldig haar huiswerk te maken en Akif amca rammelde van tijd tot tijd met de inhoud van een la en zei dat dat de pauzebel was.

Het is opvallend hoe gewoon dit verhaal is en met hoeveel liefde mijn moeder het vertelde.

'Ik zat tegenover hem aan tafel het huiswerk te maken dat hij me opgaf en van tijd tot tijd liet hij dan de pauzebel gaan.'

Wat opmerkelijk is, is dat mijn moeder genoeg om deze verhalen gaf om ze te herhalen.

'In de pauze maakte hij poppetjes van stof aan zijn vingers vast, liet ze op en neer hupsen, en maakte me aan het lachen.'

Toen ik een kind was, begreep ik al heel goed en zonder een oordeel te vellen, dat mijn moeder verhalen vertelde over Akif amca omdat hij zo vreselijk veel van haar gehouden had.

Maar later vond ik het meelijwekkend dat ze zich nog steeds aan dit soort nietigheden vastklampte.

Op een keer, toen ik in een van de hoogste klassen van de middelbare school zat, keken we naar een film over een andere moeder en dochter. Ze sliepen in dezelfde kamer en kletsten 's avonds als ze op bed lagen. Er was een montage van alle dingen die ze samen deden – op stations samen in een fotohokje duiken, door parken fietsen, taarten bakken, elkaar met eten bekogelen. Tegen de tijd dat we begrepen hoe sentimenteel de film was, was het te laat om hem uit te zetten en we keken hem, ons voor elkaar generend, helemaal af.

Na afloop bleven we zonder iets te zeggen in de woonkamer zitten. Een nieuwe film begon. Toen zei mijn moeder: 'Weet je, Nunu, ik ging altijd naar het huis van Akif amca en deed of het een klaslokaal was. Heb ik je dat al eens verteld?'

Ik haalde mijn schouders op en deed alsof ik helemaal verdiept was in een tijdschrift dat ik van de salontafel had gepakt.

'Eigenlijk,' ging ze verder, 'zag ik Akif amca altijd alleen maar als mijn speelkameraad, maar volgens mij was hij daarnaast een hele goede dichter.'

'Echt,' zei ze. 'De volgende keer dat we in Aldere zijn, moeten we eens een kijkje in zijn notitieboeken nemen. Ik weet zeker dat je verbaasd zult zijn.'

Ik zei tegen haar dat ik daar mijn twijfels over had.

Veel later, toen ik Luke verhalen vertelde over mijn moeder, wilde ik me niets herinneren dat in tegenspraak zou zijn met het personage dat ik zelf had gecreëerd. Maar ik herinner me nu dat zij, mijn moeder, haar best deed een manier te vinden om me te bereiken.

# 48

Lange tijd, we kenden elkaar enkele weken, een paar maanden misschien zelfs, zei M. mijn naam nooit hardop. En als om dat goed te maken schreef hij hem wel vaak in zijn e-mails, achter elkaar soms, met de lettergrepen spelend en nieuwe betekenissen samenstellend: 'Nurunisa, Nur-u-nisa, Nur. Nisa.' Ik denk dat hij misschien onzeker was over de uitspraak, want hij geneerde zich wanneer ik hem soms corrigeerde, alsof ik hem op een leugen had betrapt. Ik weet niet waarom hij de voorkeur gaf aan mijn volledige naam, ook al had ik hem verteld dat iedereen me Nunu noemde. Zelfs mijn moeder, die mij zelden iets kinderlijks gunde, gaf de voorkeur aan deze roepnaam boven de ouderwetse naam die mijn vader me gegeven had.

Ik stelde M.'s zorgvuldige woordgebruik zowel op prijs als dat ik me eraan stoorde. Wanneer we op een fraai uitzicht stuitten, wilde ik steeds dat hij iets zei waaruit zou blijken hoe zijn verbeelding werkte. We staken bij zonsondergang vele malen de rivier over, wanneer de kleuren in elkaar overliepen, dieper werden en neerdaalden over de stad. Zo'n lucht zorgde er altijd voor dat M. even bleef staan en ik wachtte tot hij iets zou zeggen. Maar hij constateerde alleen wat ik zelf ook kon zien – 'Kijk eens naar het oranje puntje van die wolk' of 'wat een gemarmerde lucht' – voor hij verderging.

De eerste keer dat hij mijn naam zei, stonden we in de zuilengalerij tegenover de Senaat. Aan een kant bevond zich een van de eerste standaardmeters van de stad. Dat had ik een paar dagen geleden zelf ontdekt, toen ik daar bij toeval voor de regen schuilde, en ik had M. naar deze plek meegenomen om hem die te laten zien.

Het was de enige standaardmeter, had ik begrepen, die zich na de overgang op het metrische systeem nog steeds op de oorspronkelijke plek bevond, terwijl er destijds verschillende andere her en der in Parijs waren aangebracht. Er zat voor mij iets interessants aan, iets droevigs zelfs, al gokte ik dat M. misschien niet meteen zou zien wat er zo bijzonder was aan een gewone meter. Ik zou hem op de poëzie wijzen die schuilging achter deze eenvoudige lijn die op het marmer getrokken was: honderd centimeter op een witte muur die uiterst precies de nieuwe orde in de stad aangaf. Het was het soort aantekening dat Akif amca in zijn dagboek gemaakt zou kunnen hebben – in ieder geval de Akif amca over wie ik M. vertelde wanneer we het over mijn Thracische project hadden.

Ik prutste aan mijn camera en deed alsof ik scherp stelde op de schaduwen die schuin naar binnen vielen, helemaal tot aan de andere kant van de zuilengalerij. Ik wachtte tot M. naar de meter toe zou lopen, zodat ik hem erover kon vertellen zoals ik dat van plan was geweest.

Het moet me ontgaan zijn dat hij me iets vroeg. Toen ik niet reageerde, zei hij mijn naam. Misschien dat mijn gezichtsuitdrukking hem opviel toen ik opkeek, want hij vroeg snel of hij hem wel goed uitsprak. Het was een vraag die je een vreemde zou stellen. Hij voegde eraan toe dat de muzikaliteit van mijn naam hem met bewondering vervulde en hij was bang deze geweld aan te doen door zijn 'vreselijke accent'.

Ik bracht de camera naar mijn ogen en richtte die op hem. Hij deed een paar stappen naar achteren zodat hij precies op de juiste plek voor de witte muur stond, terwijl de meter zich aan weerszijden van zijn hals uitstrekte.

Een poosje keek ik naar hem door de zoeker. Hij hield zijn blik, terwijl hij wachtte tot ik de foto genomen had, op de grond gericht en keek toen weer op.

Ik tuurde nog wat langer van achter de lens de comfortabele verte in.

'Nurunisa?' vroeg hij opnieuw.

Ik nam de foto en liet de camera zakken, net toen hij naar achteren leunde en voor de foto glimlachte.

Het is de enige die ik van hem heb.

# 49

Op sommige avonden wipte mijn moeder bij Akif amca aan en ging op de vloer zitten, voor de kachel naast de leunstoel. Terwijl Akif amca aan het lezen was, tekende mijn moeder of lag ze op haar rug naar het plafond te staren. Voor hij mijn moeder naar huis stuurde, wond Akif amca zijn horloge op. Hij zei 'luister eens' tegen mijn moeder, bracht het horloge naar zijn oor en beiden hielden hun adem in om het geluid te kunnen horen. Akif amca zei tegen mijn moeder dat hij zich haastte om alle verloren tijd in te halen. Ik hield van dit verhaal en bracht mijn eigen horloge toen ik jong was vaak naar mijn oor, naar de zich haastende tijd luisterend.

Ik vroeg mijn moeder er op een avond naar, toen we foto's van vroeger aan het bekijken waren. Dit was later, in het jaar dat ik weer in Istanbul was. Ik vroeg mijn moeder veel dingen in die maanden, om de verloren tijd in te halen.

Ik besefte dat ik niet echt wist wat Akif amca's woorden betekend hadden. Ik wist zelfs niet of ik me het verhaal van het horloge goed herinnerde of dat ik een van de belangrijke momenten vergeten was die het verhaal bijeenhield.

Op een foto zat Akif amca in zijn leunstoel met het ene been over het andere geslagen.

'Weet je nog toen Akif amca zijn horloge opwond? Wat zei hij dan tegen je?'

'Wat bedoel je?' vroeg mijn moeder.

'Wanneer hij je vroeg om te luisteren,' zei ik.

Mijn moeder zei dat ik het me vast niet goed herinnerde. Ze had me dit nooit verteld.

Maar ik wist zeker dat ze haar eigen verhaal vergeten was en stelde zelfs tevreden vast dat het nu alleen mij toebehoorde. Ik dacht dat Akif amca de betekenis van deze woorden misschien ook niet begrepen had en evenzeer gecharmeerd was van de ongrijpbare poëzie ervan.

Pas toen ik naar Parijs verhuisde en in het dagboek begon te zoeken naar dingen die ik M. over mijn Thracische project kon vertellen, besefte ik dat Akif amca zijn eigen dichtregels onthouden had.

*Een tel na de uitvinding*
*haast de stad zich om de verloren tijd in te halen.*

# 50

Hier is nog iets dat ik van M. geleerd heb.

In oude geheugenoefeningen werd studenten aangeraden om datgene wat ze zich wilden herinneren in de kamers van een denkbeeldig gebouw onder te brengen. Het gebouw moest ruim en symmetrisch zijn en studenten moesten dat wat ze zich wilden herinneren omzetten in treffende beelden en die een voor een in gelijkmatig verdeelde kamers plaatsen.

De eenzame wandelaar die nu door dit gebouw struint zal die treffende beelden ongetwijfeld terug moeten vertalen om weer bij de oorspronkelijke gebeurtenissen uit te komen. En de meest saaie dingen kunnen tot wonderbaarlijke herinneringen leiden door de ongebruikelijke manier waarop ze in dit geheugenpaleis zijn uitgestald.

Sommige van hen, zei M., moeten geraakt zijn geweest door wat ze daar in hun eigen brein aantroffen, zaken inmiddels zo tegengesteld aan zin en onzin van de huidige waan van alledag. Anderen moeten hun oude herinneringen zelfs weer naar buiten hebben willen brengen, weer aan het daglicht van papier, marmer of muren hebben willen toevertrouwen.

M. verwees soms naar ons gedeelde geheugenpaleis, waar wij beiden onze eigen tijden van de dag hadden bedacht (hij wist altijd weer een andere manier te bedenken om 'De uitvinding van middernacht' te berde te brengen). De kamers van dit gebouw, zei hij, dat replica's bevatte van de minst opmerkelijke bezienswaardigheden, waren tot schatkamers geworden.

'Vind je ook niet?' schreef hij. Ik was geroerd door deze verwachtingsvolle vraag. Ik kan me niet herinneren dat ik terugschreef. Ik heb niet altijd de moed om mijn eigen antwoorden op te zoeken en terug te lezen. Destijds verkeerde ik niet in de veronderstelling dat ik aldoor M.'s woorden uit de weg ging – precies die woorden die me gelukkig stemden. Ik zou gewoon gezegd hebben dat ik op het volgende berichtje aan het wachten was en voegde elk ervan toe aan mijn verzameling, al moet het er zonder meer op geleken hebben dat ik de woorden van me wegduwde.

Dit idee van een paleis is me bijgebleven, ook al is het volgens mij te netjes geconstrueerd om licht te kunnen werpen op de duivelse trucs van het geheugen. Haar onschuldige handigheid zit hem al in het uitvergroten van datgene wat herinnerd wordt, terwijl de waarheid eerder te maken heeft met verbergen en vergeten.

Terwijl we voortliepen, waren er vaak dingen die ik me in een oogwenk ten volle herinnerde. Een grapje van toen ik klein was, de geur van kolen in de winter, de manier waarop een roestig blik met een lichte draai op de juiste plek opengaat. Ik heb ze niet allemaal bijgehouden en sommige ben ik inmiddels vergeten. Wat is overgebleven van de herinnering is uitsluitend de wetenschap dat ik niet langer in het bezit ben van iets dat ik ooit door en door kende. Het is nutteloos, dit residu van afwezigheid.

Nadat ik naar Istanbul was terugverhuisd – en wel voorgoed – botste ik bij elke straathoek tegen M. op. Ik zag hem op de veerboot, bij de sap- en hamburgerkraampjes, in de koffiehuizen aan de waterkant. Soms, wanneer ik naar zijn foto kijk, met de opgetrokken wenkbrauwen, het litteken dat dramatisch de lucht in wijst, kan ik me nauwelijks herinneren wie hij was. Maar iedere keer wanneer ik in het staren en in de gekromde houding van vreemden een glimp van hem opving, herkende ik hem meteen.

# 51

Vóór het jaar dat ik met mijn moeder doorbracht, had ik tegen haar gezegd dat ik nooit meer terug zou keren naar Istanbul. Ik had zo mijn redenen, iets in me dat steeds groter werd. Ik heb het stilte genoemd, al maakte het zich kenbaar via woorden.

En er was nog iets, wat op dat moment voelde als vertrouwen in het leven dat ik in Londen gecreëerd had te midden van mensen die een ander beeld van me hadden. Ik dacht dat ik mijn zaakjes op orde had gebracht en dat ik, zolang ik maar afstand bewaarde, kon zorgen dat het evenwicht niet verstoord werd.

Mijn moeder liet me op een avond over de telefoon weten dat we, als ik op bezoek kwam, een keer naar het Borsa Restaurant moesten gaan. Dat was onlangs gerenoveerd, zei ze. Herinnerde ik me dat restaurant in het paleis van Adile Sultan nog? Je hebt daar in de lente een adembenemend uitzicht op de judasbomen.

'Weet je nog, Nunu, dat wij er samen al een keer geweest zijn?'

Een andere keer zei ze: 'Herinner je je onze vislunches nog?'

Mijn grootste ergernis betrof niet de vraag, als wel die lievige toon, de zogenaamde beminnelijkheid in haar stem die niet bij mijn moeder paste. Destijds hoorde ik de smeekbede er niet in.

'Zodra je weer hier bent,' zei ze aan de telefoon, 'neem ik je mee naar het paleis van Adile Sultan.'

'Ik kom niet terug naar Istanbul,' zei ik tegen haar.

'Natuurlijk, dat begrijp ik. Je moet je op je toekomst concentreren,' zei mijn moeder.

'Dat is het niet,' zei ik. Ik had zitten oefenen wat ik zou zeggen. 'Ik kom niet terug omdat ik aan het leren ben om te vergeven en te vergeten.'

Het idee dat een enkel gesprek een andere wending aan het leven zou kunnen geven is echt iets uit een roman; dat we er steeds naar terug zullen keren, wensend dat we het ongedaan zouden kunnen maken. Zelfs al konden we dat, er zou zoveel blijven hangen. Er zijn vele manieren om te kwetsen, zonder woorden. Het is de stilte die ons vormt.

Mijn moeder moet op dat moment geweten hebben dat ze ziek was en ze heeft zich misschien opgelucht gevoeld bij het horen van mijn woorden. En ik wil er wel bij zeggen, zonder een poging te doen mezelf te troosten of te verontschuldigen, dat ik destijds zozeer opging in het verhaal dat ik Luke, mijn eigen herinneringen bijwerkend, aan het vertellen was, dat mijn moeder misschien niet eens begrepen heeft waar ik het over had.

# 52

Nadat we van Moda naar het nieuwe appartement verhuisd waren, ging ik naar haar toe op de avonden dat ze niet naar mijn kamer kwam.

'Nejla,' riep ik vanaf de drempel, maar ze antwoordde niet.

Daarover zei ik nooit iets tegen Luke, al die avonden dat we samen op ons dekbed zaten.

Ze leefde in haar eigen wereld, zei ik, ver van de realiteit verwijderd.

Ik schudde mijn hoofd, alsof ik geen woorden had voor wat ik voelde. Soms, zei ik tegen Luke, zei mijn moeder dagenlang niks tegen me.

En ik was nog maar een kind. 'Stel je voor dat je een kind dat aandoet,' zei ik dan, waarbij de tranen me in de ogen sprongen.

Luke stak zijn hand naar me uit en kneep in de mijne.

'Arme Buddyback,' zei hij.

Maar wat ik hem niet vertelde was iets veel eenvoudigers. Dat ik naar de slaapkamer van mijn moeder ging en vanuit de deuropening naar haar riep. De kamer was volledig verduisterd, mijn moeder had een van haar vreselijke hoofdpijnaanvallen. Dan zei ik verder niets meer, terwijl ik stilletjes terugliep naar mijn kamer.

# 53

Als ik nu naar de foto van M. kijk, zie ik iets nieuws in zijn gelaatsuitdrukking. Misschien omdat er sinds die middag dat we naar de standaardmeter in de zuilengalerij gingen een aantal jaren verstreken zijn. Wat ik nu zie is verwarring noch irritatie, maar verwachting. M. kijkt me verwachtingsvol aan. Als ik het beeld maar eens scherp kreeg, dan zou ik misschien in staat zijn te zien wat M. zag toen hij naar míj keek.

We zaten regelmatig op het binnenplein van een museum achter station Montparnasse, ooit het atelier van een door M. bewonderde, negentiende-eeuwse beeldhouwer – een van de vele kunstenaars in Parijs van wie de sporen in de loop der tijd min of meer gewist waren. ('Weer een Apollodorus,' zouden we hem misschien genoemd hebben.) M. had me een boek laten zien met de lesnotities van deze beeldhouwer, transcripties van atelieruren toen hij van student naar student was gelopen, ze wijzend op gebreken en sterke punten, en hun aandacht vestigend op vormen die ze misschien over het hoofd hadden gezien. Deze gesprekken, zei M., met slechts woorden om de sculpturen in het atelier te schetsen, bezorgden hem een plezier dat leek op het lezen van een spookverhaal.

Ik vond het prettig tussen de marmeren beelden te zitten, voor het merendeel variaties op dezelfde drie gestalten, met gekwelde, ernstige of ambivalente gelaatsuitdrukkingen. De subtiele herhalingen in gebaren en zelfs in kleding creëerden een nieuwe betekenis in elke nieuwe vorm. De beeldhouwer, zei M., had echter zijn hele leven hetzelfde verhaal verteld. Hij zei dit vaak, niet alleen over deze specifieke beeldhouwer, maar over alle kunstenaars die hij bewonderde. Naar M.'s mening vertelden deze kunstenaars steeds weer hetzelfde verhaal en in tegenstelling tot Luke bedoelde hij het als een compliment.

Op een keer viel mijn oog bij ons vertrek op een werk van een naakte vrouw dat anders was dan andere. Ze had brede heupen en haar haren van steen waren in een zachte vracht boven op haar hoofd bijeengebonden. Ze hield de benen gekruist, een pose die een afspiegeling was van haar ondeugende glimlach. In één hand hield ze een appel, alsof het een bal was die ze op het punt stond in de lucht te gooien.

Ze maakte een speelse indruk, met die vrucht en het losjes bijeengebonden haar, compleet anders dan de gekwelde gezichten om haar heen. Het deed me zoveel plezier naar haar te kijken, dat ik een tijdje voor haar bleef staan, teruglachend, jaloers, veronderstel ik, op een stuk steen.

Na een tijdje kwam M. naast me staan en ik besefte dat ik mijn benen net zo gekruist hield als het beeld. Hij zei niets en ik bleef staan zoals ik eerder stond, maar ik voelde dat ik net als het marmer erg stijf werd en dat mijn gezicht en keel in brand stonden.

# 54

Ik heb er een gewoonte van gemaakt om elke ochtend iets te vroeg naar mijn werk te gaan. Ik drink eerst nog even thee bij een bakkerij of ga in het park zitten. De winkeliers van Moda kennen me inmiddels wel bij naam. Sommigen roepen me onderweg begroetingen toe.

Elke dag vergeet ik uren achtereen dat ik in Istanbul woon. Op mijn werk schrijf ik over andere steden – mooiere, minder onrustige. Ten minste één onderdeel van elk nummer van het tijdschrift is gewijd aan een werkelijk bijzondere stad. Sint-Petersburg, Parijs, Florence, Amsterdam. Deze steden bieden lezers de kans een paar pagina's lang aan hun eigen leven te ontsnappen. Ze zijn zonder meer prachtig, ze hebben niets te verbergen.

En dan zijn er de steden die erop wachten om ontdekt te worden, die ontwaken na jaren van tegenspoed: Tbilisi, Warschau, Riga.

Ik ben eraan gewend geraakt ze op te sommen – de pleinen, kathedralen, restaurants, mythen – en ze, nieuwe superlatieven bedenkend, bekoorlijk in te pakken.

'Jij maakt dat ik erheen wil,' zegt Esra vaak van achter het bureau tegenover het mijne. Ze is de jongste medewerker bij het tijdschrift. Ze heeft nooit ergens anders gewoond. 'Nou ja,' zegt ze, 'het is vast overal beter dan hier.'

Ik zeg tegen haar dat ze misschien wel gelijk heeft. Ik wil niet als een vreemdeling overkomen op mijn collega's; me als een toerist verwonderen over de stad waar we inmiddels allemaal wel genoeg van zouden moeten hebben.

Zodra we een nummer af hebben vieren we dat in de bar aan de overkant van de straat en heffen we ons glas om steeds dezelfde toost uit te brengen: 'Op het reizen,' zegt een van ons en de anderen reageren met: 'Ja, laten we maken dat we hier wegkomen!'

# 55

Ik kwam er uiteindelijk achter dat een van de 'taken' die M. ervan weerhield al zijn tijd aan zijn nieuwe boek te besteden het geven van schrijflessen was, omdat ik hem soms na afloop van die lessen op de universiteit tegen het lijf liep. Dan gingen we vandaaruit over de Avenue Bosquet naar Les Invalides. Op die middagen, wanneer ik hem het gebouw uit zag komen en de stenen trappen af zag dalen, leek hij een willekeurig iemand, ook al droeg hij nog steeds zijn groene jasje en liep hij enigszins voorovergebogen. Soms was hij met een collega of een van zijn studenten en dan nam hij opgewekt afscheid van hen aan de voet van de trap voordat hij de straat overstak om mij met opgeheven hand te begroeten. Ik vroeg me af of ik al die tijd een onjuist beeld van hem had gehad – de stamelende man die ik beschreven heb.

Op die dagen had M. me altijd wel iets te vertellen over zijn colleges. Hij nam het geworstel van zijn studenten serieus en maakte zich er zorgen over dat hij niet in staat zou zijn hun te leren authentiek te schrijven. Het baarde hem zorgen, zei hij op een keer tegen me, dat het zo lastig was zijn studenten het verschil te leren inzien tussen kunst en kunstgrepen. Hij zei dat wat de studenten meenden dat stijl was, in feite onwil betekende om een verhaal te vertellen. Hij vroeg zich af of hij hun alleen de illusoire technische aspecten van het ambacht aan het leren was, waarmee ze de leegte in de kern van hun schrijven konden maskeren en zo probeerden alles goed te maken waar ze niet mee geconfronteerd wilden worden. Ik knikte instemmend, maar vroeg me ongemakkelijk en gegeneerd af of M. me misschien op zijn eigen manier iets duidelijk probeerde te maken.

# 56

Op de ochtend van Bayram (het moet de eerste zijn geweest sinds ik in Parijs was aangekomen) belde ik Saniye en Asuman. Het stemde hen bedroefd dat ik die dag in mijn eentje door moest brengen.

'Helemaal alleen op dat soort plekken,' zeiden ze, zoals bij hen elke plek buiten Istanbul een meervoudsvorm kreeg wanneer het om verwijdering ging, als om de onmogelijkheid te benadrukken de gigantische afstand te overbruggen. Ik zei hen dat ze zich geen zorgen hoefden te maken. Ik had het leuk in Parijs, ik leerde veel, ik schreef.

Ik had zelfs iemand ontmoet, zei ik. Het was een schrijver, en hij schreef boeken over Istanbul. Tot dan had ik M. tijdens onze korte telefoongesprekken niet genoemd.

Ik zei hen dat M. een beroemde schrijver was, in de wetenschap dat ze belang hechtten aan dat soort zaken.

'Is hij je docent?' vroegen ze. Ze wisten niet dat ik niet naar college ging.

'Nee,' zei ik. 'Gewoon een vriend. Maar we wandelen samen en praten over het schrijven.'

'Waar gaan jullie wandelen?' vroeg Saniye.

'De hele stad door. We hebben zoveel te bepraten.'

'Wat wil die man van je?' vroeg Asuman. 'Wat wil een volwassen man van een jong meisje dat geen schrijfster is of wat dan ook?'

Verhalen kennen hun eigen logica. Zo kan een verhaal pas verteld worden wanneer het een einde heeft. Verder bouwt het zich op en ontrafelt zich dan weer. Elk element van een verhaal is van essentieel belang; zijn tijd zal komen en ten slotte zal het iets betekenen. Zo bezien mag je aan verhalen heel wat eisen stellen, ze kunnen immers bij je naar binnen kijken.

# 57

Akif amca had in Istanbul bij een verlovingsfeest in het huis van twee acteurs James Baldwin ontmoet. Baldwin was niet uitgenodigd, vertelde mijn moeder me, en ook al wist ik destijds niet wie hij was, dit verhaal over een ongenode gast vond ik wel leuk, misschien alleen omdat mijn moeder me een verhaal vertelde.

'De zwarte schrijver James Baldwin,' liet mijn moeder me niettemin weten. Daarna voegde ze eraan toe: 'Wie weet wat ervan waar is.' Volgens Akif amca noemden de mensen hem 'Jimmy de Arabier', met de onwetendheid van de oude wereld in een tijd dat Ethiopische kindermeisjes van rijke families in Istanbul 'Arabische zusters' genoemd werden. Ik schreef erover aan M. Het was precies het soort mailtje dat hem in verrukking zou brengen.

('Zelfs het simpelste verhaaltje van jou,' schreef M. me ooit, 'is intrigerender dan alle bohémiens in Parijs bij elkaar.')

Ik kan niet met zekerheid zeggen wanneer ik tegen M. begon op te scheppen. Misschien was dat toen eindelijk de ridicule schijn werd opgegeven dat ik een roman over Akif amca, de dichter, aan het schrijven was. Langzaam maar zeker hielden we ermee op over mijn project te praten en M. vroeg niet langer of ik enige vooruitgang had geboekt bij mijn zoektocht naar sporen van de dichter in Parijs. Maar hij zei vaak tegen me dat ik maar bofte dat ik zo'n schat aan verhalen tot mijn beschikking had.

Het maakte me van streek te denken dat M. misschien al die tijd geweten had dat ik nooit van plan was geweest om een boek over Akif amca te schrijven en dat alleen als voorwendsel had gebruikt om bevriend met hem te raken en hem verhalen te vertellen die niet helemaal de mijne waren.

Hoe het ook zij, er was een tijd dat ik vol begon te houden dat ik het Istanbul van M.'s boeken beter kende dan hij. Deze verdwenen stad vol onverwachte ontmoetingen en poëtische droefheid.

Ik had M. eindelijk verteld dat ik een van zijn romans gelezen had. Ik was erop gestuit in de boekhandel waar we elkaar voor het eerst ontmoet hadden, zei ik, en ik had de verleiding niet kunnen weerstaan.

M. wapperde gegeneerd met zijn hand, alsof hij een einde aan het gesprek wilde maken. Dat bescheiden gebaar deed me eraan toevoegen dat ik eerlijk gezegd dol was op het boek.

Maar later begon ik hem op kleine details te wijzen die hij over het hoofd gezien had; bijzonderheden van de bewuste periode die hij zich kennelijk niet bewust was. Ik probeerde mijn opmerkingen grootmoedig te laten klinken, alsof ik hem dit vertelde om zijn wereld te verrijken. M. luisterde naar me zonder bezwaar te maken. Hij bedankte me zelfs.

Het verhaal ging dat Baldwin in slaap gevallen was op schoot bij een van de gasten. Toen hij wakker werd, liep hij naar de keuken en ging aan tafel zitten schrijven tussen gehaaste dienstmeisjes die schalen met fruit klaarmaakten.

Zo ontmoette Akif amca hem, door de keuken op weg naar het balkon. Baldwin volgde hem met twee glazen thee naar buiten. Akif amca herinnerde zich de manier waarop hij met zijn lange vingers het glas bij de rand vasthield. De twee mannen deelden een sigaret en keken naar de stad.

Akif amca wachtte tot Baldwin iets zou zeggen over het uitzicht. Hij vroeg zich af wat een buitenlander van Istanbul vond; of hij de stad net zo mooi zou vinden als hij. Maar Baldwin nipte van zijn thee, keek met speels heen en weer schietende ogen naar de heuvels in de verte, en stak van tijd tot tijd zijn hand uit naar Akif amca's sigaret.

Er was iets merkwaardigs aan de manier waarop mijn moeder me over de twee mannen op het balkon vertelde en dat is de reden waarom ik het me zo goed herinner.

'Joost mag weten of er iets van waar is,' zei ze opnieuw, zoals ze dat soms wrevelig kon doen, alsof ze Akif amca de verhalen kwalijk nam waarmee hij haar gelukkige jeugd verrijkt had.

'Aan het einde van zijn leven,' zei mijn moeder een tijdje later, terwijl ze me vertelde over Akif amca die erop wachtte tot Baldwin zijn stad zou prijzen, 'zou de enige vriend van deze opmerkelijke man een kind blijken te zijn.'

'Die arme Akif amca,' zei ze, 'die daar op het balkon staat.'

Ik was jaloers geweest op Akif amca en de liefde die mijn moeder voor hem voelde.

Een aantal dagen nadat ik M. geschreven had over dit moment op het balkon besefte ik dat mijn beschrijving van Baldwins dartele blik iets was dat ik gelezen had in een van M.'s romans, in zijn passage over de oude man die naar de heuvels rond de stad stond te kijken. Ik besefte dat mijn formulering vrijwel identiek was aan M.'s beschrijving van zijn romanfiguur. Ik had die scène vaak gelezen; ik had hem zelfs aan mijn moeder voorgelezen toen ze ziek was – wanneer de oude man op een balkon naar de stad staat te kijken die over de heuvels uitgespreid ligt.

Ik schreef M. een aantal dagen niet omdat ik me dood geneerde. Ik wist zeker dat hij mijn misstap opgemerkt had, al had hij er niets van gezegd. Ik voelde een drang om mezelf te verklaren, mocht hij denken dat andere dingen die ik hem verteld had ook op deze manier mooier gemaakt waren. Maar ik deed er het zwijgen toe, zelfs nadat M. schreef om een dag voor te stellen voor onze wandeling. Na een aantal dagen van stilzwijgen schreef hij me om te vragen of alles in orde was en hij voegde eraan toe dat hij het miste te horen wat voor schatten ik de afgelopen dagen had verzameld om aan hem te laten zien.

Ik schreef hem terug dat dit juist het probleem was. Het kon vermoeiend zijn om dingen te verzamelen.

'Alsof ik steeds op commando vermaak moet bieden,' schreef ik. 'Als een jukebox.'

(M. was dol op jukeboxen. Hij gebruikte ze vaak als metafoor.)

Dat zei ik omdat ik me schaamde.

M. schreef terug dat ik me nooit verplicht moest voelen hem wat dan ook te vertellen.

'Denk alsjeblieft niet dat je steeds dingen moet verzinnen om me te vermaken,' zei hij. 'En heb alsjeblieft niet het gevoel dat je me iets moet toevertrouwen.'

# 58

Dat jaar in Istanbul vroeg mijn moeder me om haar voor te lezen. Dat was later, toen ze niet meer uit bed kwam.

Dan ging ik in de fauteuil naast haar bed zitten en legde ik mijn voeten op de rand van haar matras. Ik las tot ik haar diep en rustig hoorde ademen. Soms stak ze haar hand uit als ik ophield met lezen en pakte mijn tenen vast om me te laten weten dat ze nog steeds luisterde. Ik herinner me haar vingers, zo dun dat ze dwars door mijn voeten konden gaan.

's Middags werd het heel licht in de slaapkamer en dan trok ik de gordijnen dicht. Zo zaten we tot het avond was te lezen of gewoon in stilte bij elkaar.

'Nunu, waarom ga je geen wandeling maken?' vroeg mijn moeder wanneer ze langzaam uit een slaapje ontwaakte. Ik deed alsof ik haar niet gehoord had.

'Ik zou het fijn vinden als je even naar buiten ging.'

Ik reageerde niet.

'Nunu,' zei ze dan, 'wat ben je toch koppig.'

Ik had M.'s roman zelf al uit, toen ik haar het hoofdstuk voorlas over de oude man op het balkon, die met zijn onrustige blik in de verte keek. Ik herinner me nog steeds de lange beschrijving van de stad die onmerkbaar verschoof van de oude man naar de heuvels voor hem. Het lijkt in niets op M.'s andere geneugten, waarbij hij bladzijden lang bomen en etenswaren beschrijft. In deze passage zijn de ogen van de oude man slechts het verlengde van de lichtgevende stad.

Er lijkt zich geen enkele onderbreking in het proza voor te doen wanneer hij ten slotte naar beneden springt.

Ik vind het opmerkelijk dat een buitenlander deze eenzaamheid in onze stad heeft gezien. Hij heeft dwars door de heuvels en wateren heen recht in het hart van Istanbul gekeken. Een dergelijke eenzaamheid, daar zijn geen woorden voor.

Mijn moeder maakte geen bezwaar tegen deze passages, zoals ze wel bezwaar had gemaakt tegen M.'s beschrijving van de cipressen.

Het was aan het einde van de middag en het laatste felle licht kwam door de al dichtgetrokken gordijnen als mist de kamer in. Ik liet onder het voorlezen mijn voeten op de rand van mijn moeders bed rusten.

De onrustige blik van de oude man vestigt zich op de stad, die haar armen in een omhelzend gebaar naar hem uitstrekt.

Ik wilde dat mijn moeder dit hoorde, wilde haar laten weten dat de last niet meer alleen aan ons toebehoorde. Dat anderen, vreemden zelfs – zij die zo onbekend waren met Istanbul, dat ze over de talrijke cipressen in de stad schreven – iets konden vermoeden van dit gevoel waar we ons hele leven over hadden gewaakt. Dat ook zij getuige waren geweest van een dergelijke eenzaamheid.

Mijn moeder reikte met haar magere handje naar mijn tenen en pakte ze vast.

'Nunu,' zei ze. 'Nunito.'

# 59

Het was op een van de eerste echte lentedagen – de dagen die in Parijs een waar feest zijn en iedereen naar het terras lokken – dat we na afloop van M.'s college besloten een middernachtpicknick te houden. Ik arriveerde vroeg en ging op de bank tegenover de ingang van de universiteit zitten. Ik droeg een groene, mouwloze jurk die ik even daarvoor gekocht had, toen het warmer werd en het me opviel dat cafébezoekers hun donkere lagen begonnen af te werpen. Ik had deze jurk maar één keer eerder in mijn kamer aangetrokken, de kleur beviel me, net als het zwieren van de soepel vallende rok, de manier waarop die mijn middel omhelsde. En ik was toen zo tevreden dat ik naar beneden was gegaan, naar Café du Coin, zodat iemand me zou zien.

'Daar is ze weer,' zei de jonge ober toen ik binnenkwam. Hij knipoogde en bracht me ongevraagd een kop koffie.

M. liep het universiteitsgebouw uit samen met de goudeneeuwauteur die in de boekhandel had voorgelezen. Ze keken mijn kant op terwijl ze de trap af liepen. Hij liet niet merken mij gezien te hebben. Ik stond op van het bankje. Even later keek hij weer op en dit keer zwaaide hij enthousiast.

Toen ze de straat overstaken, pakte hij me bij mijn schouders beet en kuste me op beide wangen, zo heel anders dan hij me normaal begroette. Ik was gewend geraakt aan de plotse zwaai van zijn hand en ik had gedacht dat het zijn eigen speciale betekenis had.

'Moet je jou nou toch zien,' zei hij. 'Een echt lenteplaatje.'

Hij stelde me aan de schrijver voor als zijn gids.

'Voor alle Thracische aangelegenheden,' zei hij.

'Wat fijn dat je een gids gevonden hebt,' zei de schrijver. 'Leid je ook tours in andere landschappen?'

M. lachte.

Nadat we afscheid genomen hadden van de schrijver liepen we door de met bomen omzoomde avenue Bosquet en haar door bladeren gefilterd licht. We sloegen de rue Cler in, waar elk caféterras afgeladen vol was. Ze stonden met hun drankjes tot op de stoep, gehuld in jurken, en broeken in pasteltint.

'Wat een dag,' zei M. 'Misschien moeten we op een terrasje gaan zitten.'

Ik haalde mijn schouders op.

'Ik dacht dat we gingen picknicken.'

'Natuurlijk,' zei hij. 'Als je dat liever doet.'

Het was niet alleen de manier waarop M. me als zijn gids had voorgesteld die me van slag had gebracht, maar ook zijn opgewektheid. Het maakte dat ik me eenzaam voelde.

We liepen verder naar de rivier.

'Ik ben zo blij op pad te zijn,' zei M. 'En deze schitterende dag niet te verspillen.'

Zijn dag was overigens matig begonnen. Een van zijn studenten had een verhaal ingeleverd over zijn familie, met zoveel bitterheid geschreven dat het ongemakkelijk was geweest om het er tijdens het college over te hebben.

Ik vroeg hem waarom dat zo was.

'Vanwege de schaamte die eraan ten grondslag ligt,' zei M. 'Maar die gaat onder zoveel woede schuil. Hoe leer je ze het verhaal te vertellen zoals het is, wanneer ze geen enkel benul hebben van het onderliggende gevoel waarmee ze het verhaal vertellen?'

Ik wandelde verder zonder iets te zeggen en keek recht voor me uit.

'Soms,' zei hij, 'vraag ik me af of ik wel in staat ben om hun het eenvoudige genoegen over te brengen van het vertellen van verhalen. Zoals jij en ik doen.'

Ik was stil gaan staan. Ik keek omlaag naar de zoom van mijn groene jurk.

'Volgens mij moet je niet proberen iemand te leren hoe hij over zijn familie moet praten,' zei ik. 'Dat is arrogant.'

We liepen verder.

'Nurunisa,' zei M., 'is er iets?'

Ik zei dat ik naar huis wilde.

Ik voelde een drang om roekeloos te zijn. Om met een wild gebaar dingen kapot te maken.

Maar ik probeerde ook mezelf tegen te houden en dit gevoel van me af te schudden, voor het me zou overweldigen.

'Natuurlijk,' zei M. 'Ik zal je naar de metro brengen.'

Terwijl we van richting veranderden en verderliepen, besloot ik dat als hij iets anders zou zeggen, wat dan ook, ik hem zou laten weten dat ik me uiteindelijk helemaal niet zo slecht voelde en dat ik nog altijd graag met hem wilde picknicken.

Ik smeekte het hem in stilte tot we bij de metro aankwamen.

'Ik hoop dat je je gauw beter voelt,' zei M., en hij zwaaide gedag.

# 60

Er valt zoveel weg van wat ik probeer te vertellen. Zoveel onbeduidende details. Er zijn veel kleine dingen waar in een verhaal geen plaats voor is.

Mijn moeder droeg een bril met blauwe en groene stipjes. Ze had die bril al zolang ik me kan herinneren en hij bleef zo fel van kleur. Wanneer ze hem opzette, maakte me dat blij, ik kan niet zeggen waarom. Die felle kleuren die de ogen van mijn moeder omlijstten en haar vastberadenheid accentueerden – om iets te lezen, iets te schrijven, een manier te ontdekken om opgewekt te kunnen zijn. Wanneer ze haar bril op had, was ze in staat alles terzijde te schuiven en haar aandacht volledig op een enkele taak te richten.

'Eens even kijken,' zei ze dan, en zette haar bril op wanneer ik met huiswerk of met een loshangende knoop aan mijn schoolrok bij haar kwam.

Op dat soort momenten vroeg ik me af of mijn moeder niet gewoon haar leven aan het leiden was, of ik het me alleen maar verbeeld had dat er een soort duistere wolk boven haar hing. Ik vraag me af of ik al die tijd niet een ander verhaal over mijn moeder had kunnen vertellen, over de gebruikelijke loop van een leven met de gebruikelijke afwisseling van vreugde en verdriet.

# 61

Ik probeer te zeggen dat ik al heel vaak een verhaal over haar heb proberen te vertellen. Maar niet een ervan deed aan mijn moeder denken.

# 62

We ontmoetten elkaar weer bij metrostation Luxembourg, we liepen het park rond. We gingen zitten om te lunchen, we liepen naar onze bank. Ik betwijfel of verandering op één enkel moment plaatsvindt. Volgens mij is ze altijd in aantocht en wacht ze op het juiste moment om zich kenbaar te maken.

Maar als ik ons pad tot een bepaald punt moest herleiden, en dit punt als afwijkend van alles ervoor en erna markeren, dan zou me zonder twijfel de feestelijke dag te binnen schieten waarop ik die groene mouwloze jurk aanhad, de dag waarop M. een vreemde leek en we afscheid namen van onze gezamenlijke wereld. Het moet ook rond die tijd geweest zijn dat ik ophield hem te schrijven, behalve om praktische redenen, om een tijd af te spreken voor een ontmoeting. Maar zelfs dat weet ik niet helemaal zeker. M. schreef me nog steeds, op zijn eigen speciale manier, steeds weer mijn naam noemend.

'Nurunisa, Nur-u-nisa, Nur. Nisa.'

Op een keer schreef hij: 'De stille met haar gebogen hoofd.'

En een andere keer: 'Nurunisa aan de overkant van de rivier: heb je onze onzichtbare draad losgelaten?'

Ik had besloten dat, zodra hij me rechtstreeks zou vragen waarom ik van slag was, ik hem een waar verhaal zou vertellen, iets eenvoudigs en directs. Dat was de voorwaarde die ik gesteld had en ik wachtte ongeduldig tot hij het zou begrijpen, totdat hij wilde weten waarom, en toe zou geven dat het hem iets kon schelen. Ik heb geen idee wat ik gezegd zou hebben als hij ernaar gevraagd had. Maar de vraag zelf zou me verzekerd hebben dat M. echt degene was die ik dacht te kennen.

Na een tijdje hield M. echter op me te schrijven.

# 63

Eerst was de stilte zwaar, alsof ik in de hele stad kon horen dat M. eraan toegaf. Later werd zij lichter. M. gleed een andere stilte binnen die helemaal de zijne was. Na verloop van tijd werd ze alledaags en verschilden we niet langer van twee vreemden op straat.

Ik was opgelucht en vervolgens bedroefd. Later was ik boos dat M. het zo gemakkelijk opgaf. Ik zei tegen mezelf dat onze vriendschap was geëindigd toen M. eenmaal genoeg materiaal verzameld had voor zijn boek en me niet langer nodig had.

Dat is één manier om het te vertellen. Ik weet dat er andere bestaan.

# 64

Ik herinner me het verhaal dat mijn grootmoeder vertelde, zonder het voor mij mooier te maken, hoe onwaarschijnlijk het ook lijkt: mijn grootvader had de plattegrond voor het huis in Aldere op het vierkante Bafra-sigarettenpakje getekend en het vierkant in kwarten gedeeld. Hij had de plattegrond aan de arbeiders van de fabriek gegeven om het huis te bouwen zoals op het pakje aangegeven. Steeds wanneer ze zichzelf met Europeanen vergeleek, zei mijn grootmoeder met een diepe zucht dat haar leven niet meer waard was dan een pakje sigaretten.

# 65

Uiteindelijk verwelkomde Istanbul me weer met open armen.

Ik keerde terug vanuit Parijs op Atatürk Airport en stapte naar buiten, de vertrouwde geur van sigarettenrook in.

Ik nam een taxi en gaf de chauffeur het adres van de tantes in Kanlıca. Ik was de chaos van het verkeer vergeten. Een uur lang bewogen we ons met een slakkengang over de snelweg.

De radio kondigde de rechtszaak aan van drie journalisten van wie ik de namen niet kende. Ik kon samenzweringen noch verbanden bedenken die me zouden kunnen helpen de diepere betekenis van deze gebeurtenis te achterhalen. De chauffeur maakte een klakkend geluid en schudde, naar een ander kanaal overschakelend, zijn hoofd, en ik wist niet waarom hij dit gebaar van afkeuring maakte.

De hele weg lang waren er afslagen naar woningbouwprojecten met buitenlandse namen – City Verde, City Soleil, Flora Plaza. Aan gebouwen opgehangen banieren toonden foto's van brede, met bomen omzoomde straten en moderne gebouwen zonder enig teken van leven. Ik had het gevoel alsof ik in een val was gelopen. Ik was teruggekeerd naar een plek waar ik niets meer te zoeken had.

Maar na een tijdje werd de snelweg smaller. Wat volgde was

een versnelling, een tot leven komen, een onderdompeling in iets waar ik mijn vinger niet op kon leggen. Mijn omgeving leek vertrouwd, al kon ik nog altijd niet zeggen op welke weg we aan het invoegen waren. Uiteindelijk lag de zeestraat voor ons en zag ik de brug. Ik had het op dat moment niet verwacht te zien, dat sprankelende water, de heuvels beneden en de vesting, magnifiek uit de modder langs de oevers oprijzend.

Dat blauwgroen van de Bosporus, een kleur die ik nooit ergens anders zag. De stad spreidde haar vleugels, viel steil naar beneden en rekte zich wijd uit, verwelkomde me in haar gigantische armen.

En in haar omhelzing zei ze iets tegen mij, iets als het gejammer van een kind dat zichzelf even laat gaan. Ik kon het duidelijk horen.

Wanneer mijn moeder me een verhaal uit haar verleden vertelde, vroeg ik me wel eens af waarom ik haar daar niet echt in herkende. Ik begreep wel dat er zich voor mijn geboorte heel wat had afgespeeld. En ik was me altijd bewust van de drempel tussen de twee tijdvakken.

In mijn moeders verhalen klonk altijd diezelfde stille beschuldiging door die ik hoorde toen ik in Istanbul aankwam.

*Moet je zien wat er met me gebeurd is.*

# 66

Vrij snel nadat ik vanuit Parijs in Istanbul teruggekeerd was, ontving ik een e-mail van Molly, mijn kamergenote aan de universiteit. Na haar afstuderen had ze een tijdje bij haar ouders gewoond voor ze naar Edinburgh was verhuisd.

'Het zijn niet de Galápagoseilanden geworden,' schreef ze. 'Maar dat geeft niet.'

Ze zei tegen me dat ze het niet erg zou vinden om een middelmatig leven te leiden, zonder iets achter te laten en zonder iets te verstoren; om gewoon te leven en tevreden te zijn.

Ik had contact gehad met Molly in de periode van mijn moeders ziekte en vlak na haar dood. Daarna schreef ze regelmatig om te vragen hoe het met me ging, maar ik was niet in staat me de persoon te herinneren die ik in haar gezelschap was geweest en ik had het gevoel dat het vreemd zou zijn om haar over allerlei feitelijkheden uit mijn leven te schrijven zonder nog enig idee te hebben van hoe zij mij tijdens de jaren op de universiteit gekend had.

'Mijn droeve en dappere Nunu,' schreef Molly me. 'Ik weet niet wat ik moet zeggen. Ik weet nog hoezeer jullie met elkaar verbonden waren. Zo'n relatie als die van jullie heb ik nooit gekend.'

Ze ging verder met de lijst van dingen die ze zich over mij en mijn moeder herinnerde. 'Al die magische landschappen van jullie,' zei ze, terugdenkend aan onze zondagse wandelingen, ons visrestaurant, het stadje bij het bos, zei ze, waar, in een versie die ik niet kende, mijn moeder en ik gingen vissen met die oude vriend van mijn moeder.

Ze voegde eraan toe dat ze altijd vol bewondering naar mijn band met mijn moeder had gekeken. Ook al had ze haar nooit ontmoet, ze had het gevoel dat ze haar door mijn verhalen had leren kennen. Ze zei dat mijn opmerkelijke moeder haar iets had geleerd over wat ten volle leven betekent. Ze dacht vaak na over onze relatie en had zelfs geprobeerd iets soortgelijks met haar eigen ouders voor elkaar te krijgen. Ze had hun vriendschap willen aanbieden zoals ik dat bij mijn moeder had gedaan.

Ik zette snel de computer uit, alsof ik iets onbehoorlijks had gezien.

Ik schreef Molly lange tijd niet meer, ook al bleef ze me nieuwtjes mailen. Toen kreeg ik een berichtje van haar op het moment dat ik naar Istanbul terugkeerde, ook al was zij zich daar waarschijnlijk helemaal niet van bewust. Ze zei dat ze schreef omdat ze wilde weten hoe het met me was, dat ze zich zorgen om me maakte. Ze moest steeds vaker aan me denken en ze hoopte dat alles goed ging nu er zoveel speelde.

Haar bezorgdheid bracht me eerst in verwarring. Er was de nodige tijd verstreken sinds de begrafenis van mijn moeder en Molly wist niets over mijn leven daarna. Ik wist niet wat ze veronderstelde, of ze mijn lange zwijgen op een bepaalde manier interpreteerde. Ik schreef terug om haar te zeggen dat het goed met me ging. Ik was na de begrafenis naar Parijs verhuisd en net weer terug in Istanbul.

Molly's reactie verraste me. Ze volgde de gebeurtenissen in Istanbul en ze probeerde zich voor te stellen wat ik meemaakte, in de stad waar ik zo van hield en die voor mijn ogen uiteenviel. Maakte ik me zorgen? Hoe zag mijn leven eruit?

Ik was opgelucht. Natuurlijk dacht Molly aan Istanbul en maakte ze zich zorgen over mij, zeker nu deze stad op zo'n onzeker punt was aanbeland. Je kunt tegenwoordig nergens anders meer over praten. En toch heeft het iets geruststellends om mezelf aan deze verandering over te geven. Er schuilt troost in onbeduidendheid, in de zekerheid dat mijn eigen zorgen spoorloos zullen verdwijnen.

De problemen van deze stad overtreffen ons allemaal.

# 67

Op een dag, vlak voor ik Parijs verliet, vroeg ik de ober in Café du Coin of hij me altijd met opzet andere koffie voorzette dan ik besteld had.

'Natuurlijk,' zei hij. 'Om te kijken of je wel oplette.'

Toen ik wegging zag ik hem buiten roken en ik vroeg om een sigaret. De volgende dag, nadat zijn dienst erop zat, kwam hij naast me zitten terwijl ik mijn koffie dronk.

Een paar dagen later gingen we naar een film vlakbij de Place de la République. De straten waren vol met mensen van mijn leeftijd, rokend langs de trottoirs, zittend aan een vervallen bar. Het was er op een andere manier mooi dan in de wijken waar M. en ik regelmatig wandelden. Onze wandelingen, de verhalen die ik M. vertelde, ons gedeelde vocabulaire, ze leken opeens even ver weg als irrelevant.

De film ging over een schilder en zijn model die in de Eerste Wereldoorlog gescheiden waren geraakt. Ze vonden elkaar na een reeks onwaarschijnlijke gebeurtenissen vele jaren later terug. Tegen die tijd waren ze allebei heel oud, al gaven ze toe dat de tijd hun band nooit kon verbreken. Ze herinnerden zich ieder detail uit het verleden. De schilder herinnerde zich de rode jurk die zijn model op hun wandelingen langs de rivier gedragen had en in de slotscène zat de oude vrouw die ooit een grote schoonheid was geweest in een park met de rode jurk aan.

De ober, Vincent, vertelde me na afloop dat hij het verhaal erg ontroerend vond. Na al die jaren was de vrouw niet langer mooi, zei hij, en het kon de schilder niets schelen. Dat was echt buitengewoon, zei Vincent.

Ik sprak hem niet tegen, noch zei ik dat volgens mij het belang van de film niet in de verdwenen schoonheid van de vrouw school, zoals ik misschien tegen M. gezegd zou hebben. Het voelde goed om gewoon zijn mening aan te horen en het daarbij te laten.

We gingen naar een bar in Oberkampf en gingen buiten op een kruk zitten. Weer had ik het gevoel dat een stad al die tijd aan me voorbijgegaan was.

Vincent vroeg me wat ik wilde drinken en ik zei tegen hem dat hij mocht kiezen. Hij kwam terug met een hoog glas, veelkleurig gestreept en met een rietje erin, en om de een of andere reden maakte de aanblik daarvan me aan het lachen.

'Wat is er zo grappig?' vroeg Vincent, maar ik bleef maar lachen om het gestreepte glas – het vrolijke drankje dat op kinderbriefpapier leek.

Toen ik mijn drankje ophad, pakte hij het kleurige rietje en bond het om zijn pols bij wijze van armband. Ik staarde naar zijn handen, de geprononceerde aderen en spieren. Wat een gezicht, het leek wel of hij op het punt stond door zijn eigen huid heen te breken.

Na afloop bracht hij me naar huis, ondertussen de hele tijd grappend dat hij vergeten had in Café du Coin zijn schort op te hangen.

'Meestal neem ik niet de moeite om mooie vrouwen naar huis te brengen,' zei hij. 'Maar dit is een noodgeval, vanwege dat schort en zo.'

We liepen in het midden van een lege straat toen hij zijn hand naar de mijne uitstak en me naar zich toetrok. Ik was vergeten dat dingen zo konden gaan – speels, zonder enige ernst.

We gingen de trap op naar mijn kamer en hij keek, met zijn handen in zijn zakken, om zich heen.

'Dus hier vlucht je steeds heen,' zei hij. 'Bracht je de oude man hier ook naartoe?'

Hij moest de uitdrukking op mijn gezicht gezien hebben, want snel voegde hij eraan toe: 'Het is echt aardig van je om met hem bevriend te zijn.'

Ook dat maakte me aan het lachen.

Soms vind ik een woord dat een situatie samenvat. Dat valt me dan plotseling in, vaak met de stem van de tantes. 'Ze is ouderwets,' hoorde ik hen zeggen, alsof dat alles was wat je ervan kon maken. Ik bedacht opgelucht dat mijn vriendschap met M. gewoon ouderwets geweest was. Het was deze ongerijmdheid die ons, besloot ik, uit elkaar gedreven had.

Een paar dagen later vroeg Vincent aan mijn huurbaas in het café: 'Hoe ben je aan zo'n giechelige huurster gekomen?'

'Eerst vonden we je een beetje vreemd,' ging hij verder. 'Maar nu komen we erachter dat je de hele tijd om ons gelachen hebt.'

Toen ik uit Parijs vertrok, zei Vincent dat hij aan mij in Istanbul zou denken.

'En jij denkt aan mij in Café du Coin, terwijl ik je koffie op de verkeerde manier zet.'

# 68

De laatste keer dat ik M. zag, was bij een discussie in dezelfde boekhandel als waar ik hem een jaar eerder voor het eerst had ontmoet. Opnieuw waren er op het winkelraam flyers voor het evenement opgehangen en ik was verrast dat M. me er niets over verteld had, al hadden we elkaar een tijd niet gesproken.

Ik weet niet of hij me zag toen ik binnenkwam, een paar minuten nadat de discussie begon. De boekhandel was afgeladen vol en ik stond achterin, met beperkt zicht op de sprekers.

De schrijvers werd gevraagd iets te vertellen over hun werkgewoontes, hoe ze inspiratie opdeden, dat soort zaken. De beroemde schrijver was er weer, hij zat naast M. Hij had sinds zijn boek over de Parijse gouden eeuw niets meer gepubliceerd.

Hij ging uitvoerig in op zijn schrijfrituelen. 'Ik zie het als een overgangsrite,' zei hij. 'Ik ga een andere wereld binnen met andere regels. Maar om die wereld binnen te gaan, moet ik eerst toegelaten worden.'

Hij had een speciaal notitieboek, een potlood, een tijdstip. Er waren gedichten die hij steeds weer las.

'In feite,' zei hij, 'doe ik wat ik kan bij wijze van voorbereiding alvorens het onbekende te betreden.'

Toen het M.'s beurt was, zei hij dat hij bewondering had

voor de overtuiging van zijn collega dat het verhaal zich ergens daarbuiten bevond, net buiten zijn bereik, hij moest alleen vastbesloten genoeg zijn die wereld in te stappen.

'Voor mij,' zei M., 'zijn verhalen wispelturig. Ik moet me vaak neerleggen bij de wetenschap dat ze hun eigen logica kennen. Ik ben vrijwel machteloos waar het aankomt op het gestalte geven aan een verhaal, omdat ze zich, net als mensen, niet voegen naar mijn verwachtingen.'

'De moeilijkheid,' ging hij verder, en ik meende dat hij een blik naar achter in de zaal wierp, 'zit erin dat je ze van verre moet observeren, in hun eigen wereld. Als ik daarin slaag, zonder me er op mijn eigen onhandige manier mee te bemoeien, dan word ik veelvuldig beloond met een blik op uitzonderlijke schoonheid. Volgens mij is zo'n blik allesbehalve het product van mijn wazige verbeelding, maar zijn het dingen die de geest heeft opgemerkt en weggeborgen. Met zorg en geduld komen ze bij het schrijven weer boven. En soms, als ik omzichtig genoeg ben, mag ik er eentje beetpakken en dat verhaal aan het papier toevertrouwen.'

'Maar er zijn er veel die aan mijn greep ontsnappen,' zei hij. 'Misschien komt dat omdat ik niet zachtmoedig genoeg was en ze zich schichtig hebben teruggetrokken in hun eigen wereld, net als de elfjesfoto's die ooit zo populair waren.'

'En andere keren,' vervolgde hij, 'ben ik gewoon te doof om ze te horen.'

Ik merkte weer eens op hoe lang M. was. Hij stond rechtop zonder ook maar iets van de ronde rug waarmee ik hem beschreven heb. En hij stamelde niet. Ik zag wel in dat dit M. de schrijver was. Deze aardige, gulle vreemdeling.

# 69

Ik herinner me het mooi gefilterde zonlicht op de tafels in onze bistro. Ik bedoel Au Petit Suisse, tegenover de Jardin du Luxembourg. Het licht werd langzaam feller en gleed centimeter voor centimeter in stoffige banen over de tafels. Ik denk terug aan deze tijd als in een droom.

In Istanbul komt de regen meteen met bakken naar beneden, de zon duikt zonder waarschuwing op. Het is moeilijk om je het moment te herinneren dat eraan voorafgaat. De stad zelf verandert zo snel – gebouwen schieten als paddenstoelen uit de grond, elke dag is er weer een nieuw gezicht op tv en in de krant te zien. Er valt met geen mogelijkheid te zeggen welke buurt gesloopt wordt om weer opnieuw te worden opgebouwd, wat voor klein, lelijk park er naast een dreigende toren aangelegd wordt, en dat terwijl de oude bomen verdwijnen.

Je hebt de voorgestelde veranderingen, de wetsvoorstellen, nieuwe aanbouw, overheidsbenoemingen. Je hebt tunnels, bruggen en metrosystemen die de ene kant van de stad met de andere verbinden, met plekken waar ik nooit van gehoord had of ooit geweest was. Er zijn elke dag nieuwe regels, identiteitsbewijzen, bijstandsregelingen, snelle online-betaalmethoden. Elke dag wordt er een nieuwe procedure bedacht. Je hebt de gezichten van politici van wie ik niets weet, die alleen vertrouwd zijn omdat je over hen struikelt. Hun stemmen klinken wat hoger dan het gezoem en proberen het te overstemmen.

Maar ik voel iets voor al die eenzame mensen die ik zie – zo eenzaam te midden van deze mensenmenigten. Ik voel hoe ze het verleden verafschuwen, ik voel hun wens om dat te begraven en om weg te kijken. Ze lijken zo wanhopig in deze opklimmende, rijzende stad. Ze zullen haar in één machtige beweging ontdoen van alles wat oud geworden is. Het is uitkijken naar al het nieuwe. Een verlangen dat lijkt op angst.

Niets van dat alles heeft een plek in het verhaal dat ik vertel, deze wereld die aan het veranderen is, dit land op de drempel. Maar het is moeilijk je het Istanbul van voorheen te herinneren. Het Istanbul van Akif amca, van mijn moeder, van M.'s romans.

Ik heb M.'s nieuwe Thracische roman niet gelezen en ik heb geen poging gedaan de ontvangst door Turkse lezers te volgen. Als ik eraan denk het te moeten lezen word ik al bedroefd. Dat zou zijn als op reis gaan naar Istanbuls historische schiereiland, om er de paleizen en waterkelders te bezoeken, omhoog te kijken naar de tegels en mozaïeken, en verder eigenlijk weinig op te merken. Om alleen de stad te zien die zich niet bewust is van wat er verandert.

Maar meer nog, het lijkt zinloos. Er is het stadsgedruis dat al het andere lawaai overstemt. Ik stel me voor dat M. hieraan voorbij is gegaan, terug naar een andere, mooiere tijd. Wat voor zin heeft het om dat te lezen, nu we op de drempel staan te wachten?

Ik begrijp de nietigheid van mijn verhaal in een tijd als deze.

Maar dan denk ik aan onze bistro, die stroken zonlicht en maak ik me zorgen over alles wat verdwijnt, als ik het niet vastleg.

Een paar weken geleden ging ik op de terugweg van mijn werk naar huis een boekhandel in. Ik was aan het begin van de avond de enige klant. De bebaarde, bebrilde eigenaar en zijn kat gingen volledig op in waar ze mee bezig waren en ik zat een poos een aantal boeken te bekijken. Toen ik de boeken die ik wilde hebben uiteindelijk afrekende, vroeg de eigenaar of ik de Istanbulromans kende van de Engelse of Ierse schrijver... 'Ik kan niet op zijn naam komen,' zei hij, 'hij ligt op het puntje van mijn tong.'

Hij liet me weten dat mijn boekenkeus hem aan deze auteur, wiens naam hij zich probeerde te herinneren, deed denken. Hij had net een nieuw boek geschreven, zei de boekhandelaar, dat zich opnieuw afspeelt in Turkije. Daar kon hij zich de titel ook niet van herinneren.

'Heb jij dat ook?' vroeg hij. 'Dat je de meest voor de hand liggende dingen vergeet?'

'Volgens mij ken ik die schrijver niet,' zei ik tegen hem, maar natuurlijk kwam ik in de verleiding. Ik wilde opscheppen, de boekhandelaar vertellen dat deze schrijver ooit tegen me had gezegd dat hij nooit moe werd naar mijn verhalen te luisteren.

Maar dít zeg ik wel. De korte titel van het boek is M.'s bijzondere manier om me te groeten, zijn hand even opstekend voor hij die weer in de zak van zijn groene jas stopt. Hij wil dat ik begrijp dat, ook al kan ik het niet opbrengen om het te lezen, dit zíjn manier is om het verhaal te vertellen, zijn eigen verdichting van *Middernacht*.

# 70

In Parijs ging ik, nadat M. en ik elkaar niet langer ontmoetten, bij groepen mannen staan op het Gare du Nord, die bij de boogvormige glazen deuren aan het roken waren. Ik wist al dat ik binnenkort zou vertrekken. Ik had een bericht ontvangen van de universiteit om te laten weten dat mijn inschrijving ongedaan was gemaakt.

Ik keek naar de juist aangekomen mensen in de stad – zakenlui die taxi's aanriepen, oudere en keurig verzorgde stellen die dure koffers voortrolden, geliefden die zich onbekommerd te midden van de drukte herenigden. Ik had de kans niet om hen lang genoeg gade te slaan en er zo achter te komen of ze opgetogen of treurig in de stad gearriveerd waren, net zoals de bezoekers zelf niet wisten of hun grote vreugde dan wel ongeluk te wachten stond.

Ik had het altijd fijn gevonden dat ik, wanneer ik maar wilde, in een trein kon stappen en de stad uit kon gaan. Ik hield van het idee om op een nieuwe plek aan te komen, van die korte periode waarin mijn vreemdheid legitiem was.

Soms wandelde ik naar het vrij kleine Gare de l'Est, waar ooit de trein naar Istanbul vertrok. Of ik liep zuidwaarts de Sébastopol af tot aan de rivier, voorbij de Jardin du Luxembourg (de judasbomen waren opnieuw kaal), het observatorium, en nog verder, naar de periferie waar de statige appartementen van de vorige eeuw plaatsmaakten voor betonnen gebouwen en de met bomen omzoomde straten versmolten met bruggen en snelwegen. Ik liep naar de oude slachthuizen bij de zuidpoort van de stad, waarvan het terrein was omgetoverd in het bescheiden Parc Georges Brassens. Het was het soort park dat je in minder mooie steden aantrof. Je had er een kunstmatig aangelegde vijver en een prieel, een speeltuintje in felle kleuren, bankjes rond bronzen beelden. In die steden zou een parkje als dit de plaatselijke trots zijn. Maar in Parijs was het Brassenspark bijna altijd verlaten.

Op sommige dagen volgde ik de omtrek van de stadskern naar het noorden, voorbij het treinstation naar Belleville, met haar bont versierde feestzalen, de stegen en doorgangen van een verdwenen arbeidersklasse, betonnen gebouwen die nu door migranten bewoond werden. Ik liep over drukke boulevards noordwaarts, langs discountzaken, elektronicawinkels, kappers, reisbureaus. Onder viaducten zaten groepen mannen in tenten en op matrassen, in een omgeving van geïmproviseerde tafels en kartonnen daken. Ik had het gevoel alsof ik door de onzichtbare muren van een gebouw direct bij mensen naar binnen keek – plastic tasjes, papieren bekers, tandenborstels, dekens en kussens.

Volgens mij was Parijs destijds ook aan het veranderen. Angst en wantrouwen sijpelden aan alle kanten naar binnen. Maar ik vond die verandering niet zo erg, of ik negeerde haar. Dit was tenslotte niet echt mijn stad, en verandering doet vreemden niet op dezelfde manier pijn.

Lang nadat er een einde aan onze vriendschap was gekomen, zou ik nog altijd tegen M. praten tijdens het wandelen. Dat deed ik onwillekeurig, tot ik verbaasd besefte dat ik de halve stad door was gelopen en hem ondertussen van mijn observaties op de hoogte had gebracht. Ik betrap mezelf er nog steeds op dat ik naar iets kijk en het vervolgens wegstop – het opsla – met het idee dat ik het bewaar om later aan een ander te laten zien.

Nadat M. en ik opgehouden waren elkaar te schrijven maakte ik niet langer onze gebruikelijke wandeling over het pad langs de rivier. De parade van koepels, beelden en bruggen maakte me rusteloos; ik wilde door andere straten lopen, waar het leven zonder poespas geleefd werd.

Op een ochtend stuitte ik op een verlaten spoorlijn die om de stad heen liep. Ik volgde drie tieners die over een muurtje naar de rails klommen die overwoekerd waren met onkruid en gebroken glazen flessen. Opeens legden ze hun tas neer en haalden spuitbussen tevoorschijn. Ik liep langs hen heen tot ik bij een tunnel kwam. Ik besloot om een paar stappen naar binnen te wagen, waar het nog licht was. Ik hoorde de echo's van mijn voetstappen op het grind en ik vervolgde mijn weg, algauw door de duisternis en het geluid verzwolgen. Ik liep tot de heldere mond van de tunnel een fronsend pruilmondje was geworden en ging een poosje zitten, het was doodstil.

De stad boven me ademde in en ademde uit, bracht bijeen en dreef uiteen, en ik had het gevoel dat ook ik daar op enigerlei wijze deel van uitmaakte. Het was een gevoel dat ik als kind had gehad, toen ik een manier had gevonden om op het plafond te kunnen lopen.

Het moet in het laatste jaar van mijn vaders leven geweest zijn dat ik op het plafond begon te lopen en de witte stad ontdekte. Ik vertelde niemand over het bestaan ervan en bezocht haar slechts heel af en toe, op de dagen dat mijn vader niet uit zijn fauteuil overeind kwam en mijn moeder tegen hem zei dat hij moest ophouden met zijn spelletjes. Het was een plek waar ik heen ging wanneer Istanbul zwaar en somber tegen de muren van ons appartement drukte.

Op dat soort dagen ging ik op zoek naar de vierkante spiegel in de slaapkamer van mijn ouders en haalde hem uit zijn stoffen hoes. Ik zette mijn moeders brede zomerhoed op, waar mijn hoofd in verzoop en die mijn zicht beperkte. Ik hield de spiegel naar het plafond en keek erin, ervan verzekerd dat geen enkel deel van mijzelf in de weerspiegeling te zien was.

Als ik dan eindelijk de witte stad op het plafond zag, bleef ik een tijdje zitten om mijn positie te bepalen. Ik draaide de spiegel rond en bestudeerde de stenen woestijn waar ik in terechtgekomen was. Me eenmaal bewust van mijn plek hield ik mijn spiegel, kompas en gids, een beetje schuin en begon te lopen op het plafond.

Eerst volgde ik de weinig eisende randen van de kamer. Na een tijdje, wanneer ik wat gewend was geraakt aan het landschap, waagde ik me in de richting van de kroonluchter, die als een boom in de gang omhoogschoot. Om daar te komen moest ik over de uitstekende richel tussen de slaapkamer en de gang heen stappen, waarbij ik mijn benen hoog in de lucht stak zodat ik niet zou vallen. Ook al merkten mijn voeten niets van welke hindernis ook, ik wist dat de onzichtbare regels van de stad gerespecteerd moesten worden. Ik heb ook nooit geprobeerd de stronk van de kroonluchter aan te raken, omdat mijn zoekende voeten op niet meer dan lucht zouden stuiten. En ik wist dat wanneer mijn benen voorwerpen aanraakten die ik niet in de spiegel kon zien de stad haar mysterieuze bezienswaardigheden zou onthullen.

De witte stad vroeg om geduld. Er moest langzaam doorheen gelopen worden. Anders zou de reiziger struikelen en vallen, of zou hij alleen zijn eigen reflectie zien. Als de expeditie te haastig ondernomen werd, als er niet voorzichtig over een gewichtsloze richel heen gestapt werd of een onzichtbare en zware berg niet omzeild werd (in de echte wereld zou dat een gewone tafel of stoel zijn), dan zou de stad uiteenvallen. De witte stad moest blind maar met open ogen doorkruist worden.

Als ik iemand aan hoorde komen, draaide ik de spiegel snel om en keerde ik weer terug. Soms voelde ik me schuldig dat ik deze plek verborgen hield voor mijn ouders. Maar ik was de enige die de wetten ervan begreep en ik wilde niet dat onhandige voetstappen schade aanbrachten.

Bovendien wist ik dat mijn ouders hun eigen onzichtbare plekken hadden, waar ze míj niet heen brachten. Hun steden werden ook op goed geloof betreden. Je moest ervan uitgaan dat ze bestonden, dat ze op je wachtten, ook al zag je ze niet elke dag.

Zoals mijn vader had geweten op die avond dat hij al de letters van mijn naam afging, langs mijn moeder in de slaapkamer naar het balkon liep, waar hij vervolgens vanaf stapte, ons achterlatend.

# 71

Ondanks alles wat ik over Istanbul heb gezegd, het nieuwe en gekmakende stadsgedruis, is er ook van alles dat blijft. Daar praten we uit angst niet over. Om jaloerse blikken op afstand te houden. Maar dan steekt in een of andere straat een ruïne haar kop op. Een bescheiden kerk die van alle beschavingen getuige is geweest; een nederig badhuis; de roze aderen van een marmeren fontein. Een straatverkoper staat wat voor zich uit te staren. Een ober leidt je naar binnen, langs de koppen van glimlachende vissen.

En dan opent de stad haar armen, haar blauwgroene wateren.

# 72

Akif amca schrijft over een wandeling in Parijs van vlak voor hij terugkeerde naar Turkije. Dit is het laatste verslag, als je dat tenminste zo precies kunt zeggen, van de tijd voor hij mijn moeder leerde kennen.

Op die middag, jaren geleden, wandelt hij langs de rivier en blijft staan om vanaf Pont de la Tournelle naar de kathedraal te kijken, voor hij oversteekt naar de linkeroever.

Het is een grijze aprilmiddag. Hij schrijft dat zelfs nadat hij de stad verlaten heeft er niets zal veranderen aan de kooplui, die staan te babbelen op de Saint-Médard-markt, aan de cafés langs de boulevard, die eerst vol- en dan leegstromen, de smalle, naar de rivier afdalende straat, die altijd in de schaduw ligt. Dit moet dezelfde straat zijn waar M. en ik die eerste avond gewandeld hebben.

Mensen komen bijeen en gaan uit elkaar, maar de stad, schrijft Akif amca, blijft de stad. Ik weet niet of die gedachte hem hoopvol dan wel droevig stemt.

Ik had M. verteld over de laatste in Akif amca's dagboek vastgelegde wandeling in Parijs. Op een keer, toen we op de brug bleven staan om over het water naar de kathedraal te kijken, vroeg M. of dit misschien precies de plek zou kunnen zijn waar onze dichter gestaan had.

'Welke dichter?' vroeg ik.

'De grote uitvinder,' zei hij.

Zo herinner ik me onze vriendschap. We wisselden over en weer onze verhalen uit tot ze samenvielen. En met elke overdracht maakten we onze eigen last lichter. Destijds deelden we, hoe kortstondig ook, een enkele verbeelding.

We hebben misschien ons enthousiasme voor de verhalen die we vertelden wat overdreven, zodat we nóg een wandeling konden maken om onze kwetsbare vriendschap verder te verdiepen. Maar op onze beste momenten was onze vriendschap gewichtloos – een zuivere, smetteloze fictie.

Het belangrijkste was dat de herinnering van bitterheid werd ontdaan en het gebeurde met plezier werd naverteld. En zodra het wortel schoot, werd het groter, dit verhaal over hoe de dingen geweest waren. Onze stem leidde ons, onuitputtelijk, zo leek het, voorbij wrok en verdriet. Voorbij alles wat niet weer tot leven gewekt kon worden.

# Dankwoord

Ik bedank bij deze mijn agent, Sarah Bowlin, omdat ze dit boek las bij de oceaan. Mijn redacteur, Laura Perciasepe, omdat ze Nunu's stem kon horen toen die nog zwak was, en voor al je suggesties.

Dank je, Lavina Lee, voor je grondige leeswerk. Ik dank Claire McGinnis, Calvert Morgan en iedereen bij Riverhead, voor hun enthousiasme en voor de totstandkoming van dit boek.

Bedankt Fuat, Vera, Marie, Zsófi, Liz, Gigi, Yuri, Éva, Eda, Nicholas en Katia, voor jullie ideeën, inzichten, aanmoedigingen en meelezen. Ik bof maar met jullie als vrienden.

Bedankt Zach, voor de koffie 's middags; voor de foto's.

Voor jullie steun en gulheid door de jaren heen, mijn familie uit Tepoztlán: Magda, Janet, Anneke, Adriaan, Doug, Rebecca, Kavita.

Bedankt Jonathan, voor de eerste bemoedigende woorden en voor alle wandelingen.

Ik bedank *Guernica*, voor het publiceren van een hoofdstuk uit een boek dat zijn definitieve vorm nog niet gevonden had.

Ik ben de boeken en schrijvers dankbaar die me de weg wezen: Elizabeth Strout, Enrique Vila-Matas, Patrick Modiano,

Georgi Gospodinov, Marilynne Robinson.

İsmihan, Püren hala, Dede, Anneanne, Babaanne, Attila abi, Sergej Sergejevitsj en Dieuwke, bedankt voor jullie verhalen.

Ik bedank mijn ouders Neşe en Serdar, voor jullie liefde en vertrouwen. Bedankt ook dat jullie je herinneringen wilden delen.

Mijn eerste lezer Maks, ik dank je voor alles.